Collection folio junior

dirigée par
*Jean-Olivier Héron
et Pierre Marchand*

Jean-Philippe Arrou-Vignod, né à Bordeaux en 1958, est professeur de français. Il a publié aux éditions Gallimard *Le Rideau sur la nuit*, qui a obtenu le prix du Premier Roman 1984, *Un amateur en sentiments* (1987), *Le Cabinet à éclipses* (1990) et, aux éditions Arléa, un récit de voyage au Kenya : *L'Afrique intérieure* (1990).

Serge Bloch vit à Strasbourg. Après diverses tentatives pour apprendre à jouer d'un instrument de musique, sur les conseils d'un ami, il s'est penché sur une table à dessin. Peut-être mauvais musicien, mais illustrateur de talent ! Serge Bloch se résume ainsi : « Comme tout illustrateur illustre, j'illustre. Je me suis frotté à la bande dessinée humoristique, j'ai fait quelques albums, livres de poche et j'ai beaucoup travaillé dans des journaux pour enfants. »

Jean-Philippe Arrou-Vignod

Le professeur a disparu

Illustrations de Serge Bloch

Gallimard

Pour Camille et Aurélien

1
Mathilde

Ma chère Lucie,

Je n'ai pas beaucoup de temps pour t'écrire parce que je suis à la gare et que le train s'en va dans trois minutes... Est-ce que je t'ai parlé de ce concours d'histoire organisé par la ville pour les classes de collèges ?

Eh bien, c'est moi qui ai gagné ! Moi, et deux autres garçons de la classe. Dans trois minutes, c'est le départ. Pour une semaine. Je suis très excitée et en même temps j'ai le cafard. J'aurais tellement aimé partir avec toi !

Mais voilà notre professeur et les garçons. Il faut que je te quitte. Je continuerai cette lettre plus tard. Même pas le temps de te dire où nous allons !

2
Rémi

Le train venait de quitter les lumières de la gare lorsque P.-P. Cul-Vert a dit :

– Je crois que j'ai oublié mes affaires de toilette.

Nous étions si heureux de partir que personne n'a relevé. L'ennui avec les trains, c'est qu'ils démarrent sans bruit, sans qu'on s'en aperçoive. Le visage de ma mère a commencé à glisser doucement le long de la fenêtre, on aurait dit qu'elle se trouvait sur un tapis roulant, avec les autres trains qui glissaient derrière elle et les parents de P.-P. Cul-Vert qui criaient quelque chose et jetaient des baisers.

– *Alea jacta est,* a dit M. Coruscant, ce qui signifie, je crois : « Allons jusqu'à l'est », et j'ai compris alors que nous étions partis.

Puis M. Coruscant a tiré son mouchoir, l'a déplié sur la banquette et a relevé le bas de son pantalon avant de s'asseoir tranquillement. Une autre manie de M. Coruscant : sa façon de se frotter les mains comme pour les savonner. Il a toujours dans la poche une brosse à habits et, ce jour-là, je remarquai qu'il portait pour le voyage des caoutchoucs sur ses chaussures.

Je ne sais pourquoi je note tout ça. Pour les copains, sans doute, tous les copains restés là-bas et qui demain, en cours de maths, crèveront de jalousie en voyant nos trois chaises vides.

M. Pignot refera ses triangles au tableau, avec son air de général dessinant un plan d'attaque, le torse bombé et soufflant par le nez. « Soit un triangle isocèle... » dira-t-il en gesticulant, et chacun de reprendre après lui : « Isocèle, selle de cheval, cheval de course, course à pieds », un truc qui ne fait plus rire personne, mais qu'on dit chaque fois, histoire de montrer qu'on est bien la quatrième II.

Sans doute aussi ne leur montrerai-je pas ce cahier. Il y a des choses trop personnelles que l'on n'écrit que pour soi, comme l'air de Mathilde Blondin à l'instant du départ, ou la manière dont elle a dit : « Est-ce que je pourrais prendre la place à la fenêtre ? » parce que la voie passait tout près de sa maison.

Mais autant commencer par le commencement. Aujourd'hui, 18 février, nous venons de quitter Paris par le train de 20 heures 15, gare de Lyon. Nous, c'est Pierre-Paul de Culbert, alias P.-P. Cul-Vert, deux ans d'avance, premier de classe, trois valises mais pas de brosse à dents. Mathilde Blondin, dite Mathilde Blondin, une nouvelle au collège, si secrète et réservée que personne n'a trouvé de surnom pour ses taches de rousseur et son caban trop grand. Enfin, M. Coruscant, notre prof d'histoire-géo, montre à chaîne, cheveux en brosse, une pochette au veston, et les genoux qui craquent quand le temps est humide.

Je me suis gardé pour la fin. Par politesse, comme dit ma mère. Mais ce n'est pas la seule raison. D'abord, je ne m'aime pas. Et ce n'est pas mon nom, Rémi Pharamon, qui pourrait arranger quelque chose.

Je le tiens de mon père, passé chez nous le temps de laisser ça : Pharamon, comme s'il avait oublié ses papiers dans mon berceau. Un nom de momie roulée dans la farine.

Il y a aussi d'autres raisons, mais j'en parlerai plus tard...

10

Donc, nous quatre, ce dimanche 18 février, nous partons pour Venise à bord d'un train de nuit. *« Alea jacta est »,* comme a dit M. Coruscant, jamais avare de bons mots, vu que Venise par rapport à Paris serait plutôt au sud.

– Pharamon, a-t-il dit aussi, vous serez notre scribe, le héraut de notre geste.

J'ai fait semblant d'avoir compris. Je suis nul en vocabulaire, mais mieux valait ne pas le montrer dès le début, surtout avec P.-P. Cul-Vert qui sautillait dans le compartiment en brûlant de montrer sa science. Heureusement, les employés des wagons-lits sont entrés installer les couchettes. P.-P. Cul-Vert a ajouté :

– Remarque, c'est à moi que cela

11

devrait revenir, vu ma moyenne en rédaction. Mais je suis déjà trésorier : normal, avec 19,5 en algèbre...

Comme je n'avais pas de cahier, Mathilde m'a passé l'un de ses beaux Clairefontaine. C'est drôle : moi qui ai l'habitude du métro, je me sentais intimidé dans ce train avec Mathilde. Peut-être parce que je n'aurais jamais dû être là, que j'avais son Clairefontaine, et que c'était à moi d'écrire aux copains comme nous étions heureux d'avoir gagné le concours.

Je pensais à Philibert, le quatrième, à sa déception de ne pas partir avec nous. Je crois que j'avais sommeil.

En face de moi, P.-P. Cul-Vert se gavait de caramels, de sandwichs à la laitue. Décidément, je ne m'aimais pas du tout.

3
Pierre-Paul

Ceci est le journal intime de Pierre-Paul Louis de Culbert, destiné à lui survivre pour le cas où quelque catastrophe ferroviaire le ravirait à l'affection des siens.

Qu'ils sachent qu'à l'instant du départ, dans la joyeuse insouciance qui précède d'ordinaire les grandes tragédies, mes pensées sont allées dans l'ordre : à ma chère mère Yvonne de Culbert ; à mon tendre et digne père, Anthime de Culbert, l'un et l'autre laissés sur le quai ; à ma sœur, Rose-Lise de Culbert, à qui je pardonne ses manières de chipie ; à ma tante et marraine enfin, Alice de Culbert, dont j'étrenne ici le stylo-plume en or, son cadeau de Noël.

Quelques mots peut-être sur mes compagnons d'aventure. Notre estimé professeur, M. Coruscant, s'est endormi le nez sur sa Légion d'honneur, à peine le train sorti de gare. Pharamon, personnage plutôt fruste mais sympathique, en a profité pour sortir de son sac une poignée d'illustrés sur lesquels il rêvasse. Sa présence parmi nous, élite des quatrième II, reste un mystère que ce voyage permettra peut-être d'éclaircir...

Quant à Mathilde Blondin, la joue sur la fenêtre, elle n'a cessé de fouiller les lumières de la nuit depuis notre départ. Je la crois d'un bon milieu et très attachée à ses parents. J'ai cherché en vain quelques mots à lui dire mais n'en ai pas trouvé. Ne possédant pas ma culture, elle ne peut mesurer son bonheur de découvrir bientôt Venise, et se laisse très certainement aller à l'un de ces accès mélancoliques dont les filles sont coutumières.

Pour ma part, une fois restauré, je me suis empressé d'enfiler un pyjama décent et de plonger sur ma couchette. Le sort m'a donné celle du milieu, assez commode la nuit si j'ai un petit creux. Vais-je dormir ? La perspective de notre expédition me grise.

Demain, ce sera Venise, ses lagunes... Est-ce un mot féminin ? Mon Dieu, préservez-moi des fautes d'orthographe...

4
Le rêve de Mathilde

Souvent, pour m'endormir, je rêve d'un long train éclairé qui file dans le noir. On se croirait dans une cabine de projection, avec la lumière qui sautille, le cliquetis de l'appareil dans l'obscurité. Les détails les plus insignifiants prennent des proportions inhabituelles : on ne sait si l'on dort, si l'on est réveillé, tout paraît irréel comme les images d'un songe.

Je crois que je fus la dernière, Lucie, à m'endormir cette nuit-là. Mais ai-je seulement dormi ? Dans mes rêves se glissaient par instants des bruits de voix lointaines, des éclats de lumière, le choc assourdi des portes que l'on pousse. Un sifflet trouait bientôt la nuit, et c'était à nouveau l'obscurité, le roulement cadencé des essieux, comme si les rails avaient compté pour moi les moutons du sommeil.

Il me semblait à chaque instant qu'on était arrivés ou, au contraire, que j'allais rater mon train. Mais tout était calme dans le compartiment, Rémi et Pierre-Paul dormaient à poings fermés et nous roulions toujours.

Sur la couchette d'en haut, j'entendais M. Coruscant ronfler allégrement, les mains croisées sur l'estomac à la manière des chevaliers. Au passage de la douane, il s'était dressé, hirsute, bretelles bâillant sur les genoux, pour satisfaire aux formalités. Maintenant, on ne voyait plus que le gros oignon de sa montre, pendu au bout de sa chaînette comme un pendule d'hypnotiseur.

Je ne suis pas sûre de ce qu'il advint ensuite. Était-ce un rêve ? Il me sembla qu'on était arrêtés depuis quelque temps déjà, et cependant aucune lumière n'indiquait qu'on fût dans une gare... Tout était silencieux, à l'exception de ces voix d'hommes dans le couloir. Des voix étrangères, deux peut-être, qui murmuraient comme de crainte d'être entendues.

Impossible de les comprendre mais on aurait dit une dispute. L'esprit en alerte, je dressai l'oreille.

Puis il y eut une secousse, et une autre

plus forte : le train repartait. J'entendis distinctement cette fois les mots : *« Polizei... Herr Professor... »,* d'autres murmures étouffés, et ce fut tout.

Du moins le croyais-je... A l'instant où je me retournais en maugréant, la porte du compartiment s'ouvrit, et un coin de valise se profila dans l'embrasure.

Durant quelques secondes, elle sembla suspendue toute seule en l'air, comme une valise fantôme. Puis un pan de manteau suivit la valise, deux jambes qui se mouvaient sans bruit, et la porte se referma doucement.

Instinctivement, je me recroquevillai sous ma couverture. Le visiteur paraissait attendre quelque chose, immobile entre les couchettes comme pour s'assurer que nous dormions. Était-ce un voleur ? M. Coruscant nous avait bien mis en garde contre les pilleurs de train dans le Paris-Venise...

J'attendis ainsi d'angoissantes secondes, ne sachant ce que je devais faire. Hurler ? Me jeter sur le signal d'alarme ? Réveiller M. Coruscant ? Mais, apparemment satisfait de son inspection, l'homme se défit lentement de ses gants, de son chapeau de feutre vert et, sans ôter son manteau, se hissa avec sa valise sur l'une des couchettes restées libres.

Il respirait avec difficulté, comme un homme qui a couru. Peut-être un voyageur en retard, pensai-je. Après tout, le compartiment ne nous appartenait pas. Et puis un voleur se serait épargné la gymnastique de grimper sur la couchette du haut... Allons, je m'étais fait des idées pour rien ! L'excitation du départ, la nuit, le sentiment d'inquiétude diffus qui accompagne toujours un premier voyage à l'étranger, tout cela me troublait l'esprit. J'avais vraiment sommeil, et je déteste être réveillée en sursaut, voilà tout. D'ailleurs, la respiration de l'homme avait décrû, n'était plus qu'un mince filet qui se mêlait aux souffles des dormeurs.

Mieux valait faire comme lui : dormir. Un instant, je gardai un œil ouvert, par prudence, sur la montre de M. Coruscant qui se balançait doucement dans le vide. A droite, à gauche, à droite, à gauche... Doucement, de plus en plus doucement... Mes paupières s'alourdissaient et je tombai dans le sommeil comme une pierre.

Si j'avais pu savoir, pourtant, ce qui allait arriver, jamais je ne me serais endormie...

5

L'incroyable disparition

Je vais essayer d'être clair. Ce qui se passe est si extraordinaire que je ne sais par où commencer !

Lorsque je me suis réveillé, ce matin-là, nous étions seuls dans le compartiment, P.-P. Cul-Vert et moi. Subitement, il s'est dressé sur son lit en criant :

– Ô, mes féaux, baisez les pieds du sérénissime de Culbert !

Sa tête, en heurtant la couchette du dessus, a fait voler ses lunettes, et j'ai compris alors qu'il parlait en dormant.

– Où suis-je ? Que m'arrive-t-il ? Je vous en supplie, ne me cachez rien !

– Du calme, P.-P., ai-je dit. Ce n'est que moi, l'ignoble félon Pharamon.

Sans ses lunettes, P.-P. Cul-Vert n'a pas

figure humaine. Bref, il s'est gratté la tête et a déclaré :

– Ça ne te dérange pas de te retourner pendant que j'enfile mon pantalon ?

Je croyais rêver...

– Allons, Pierre-Paul, a-t-il ajouté. Du cœur ! Le monde te réclame !

Une particularité de P.-P. est qu'il parle de lui à la troisième personne, un truc latin paraît-il.

– D'après mes estimations personnelles, nous devrions arriver dans une heure treize minutes. Notre honoré maître fait ses ablutions ?

– Non, je crois qu'il se lave.

Il a eu un petit rire ironique.

– Mon bon Pharamon, toujours le même. Sache pour ta gouverne que « ablution » vient de *abluere,* verbe latin signifiant : « se laver ».

Par chance, Mathilde revenait du couloir, sa trousse de toilette sous le bras, et le parfum de son dentifrice m'a calmé un peu.

– Bonjour, Rémi. Bonjour, Pierre-Paul.

J'ai bredouillé quelque chose avant d'essayer vainement de remettre les banquettes en position assise.

– C'est drôle, ai-je dit tout à coup. Les affaires du prof ne sont plus sur sa couchette.

– Il les aura emportées avec lui, a suggéré P.-P. Quelqu'un pourrait-il me prêter sa brosse à ongles ?

– Non, ai-je dit. Son sac, sa veste... tout.

– C'est vrai, a reconnu P.-P. Plutôt louche, en effet.

Puis, s'adressant à Mathilde :

– Voyons, réfléchissons. Avait-il son sac quand tu l'as rencontré ?

– Rencontré ? Je croyais qu'il était avec vous.

– De plus en plus étrange. Personne alors ne l'a vu ce matin ?

– Je me permets de rappeler à l'aimable assemblée que nous sommes dans un train, suggéra P.-P. Avant de céder à la panique, quelques déductions s'imposent. Notre maître, quoique pur esprit, doit avoir faim quelquefois. Je suis d'avis que nous le cherchions du côté du wagon-restaurant.

– Impossible, dit Mathilde. Il a été décroché durant la nuit.

– Bien, dit P.-P. Alors cédons à la panique.

Et il s'assit avec accablement.

– Il doit y avoir une explication, murmura Mathilde. Peut-être s'est-il perdu en revenant des lavabos.

Avec la propreté, l'étourderie est la manie préférée de M. Coruscant. D'une certaine manière, c'était plutôt rassurant. Nous décidâmes d'aller à sa rencontre, chacun dans notre sens : Mathilde et P.-P. vers l'avant, moi jusqu'en queue du train.

Pendant près d'une demi-heure, nous fouillâmes chaque voiture, réveillant des messieurs en chaussettes, des familles dont les bambins pleuraient. Les lavabos, aussi, les soufflets, le train tout entier dans ses moindres recoins.

Revenus à notre compartiment, il fallut pourtant nous rendre à l'évidence : M. Coruscant avait bel et bien disparu.

6
Le message secret

Que devions-nous faire ? Assis sur les banquettes, nous n'osions pas nous regarder. P.-P. Cul-Vert reniflait, Mathilde se rongeait les ongles et, pour ma part, je commençais à regretter ce que j'avais fait pour gagner le concours... Par la fenêtre défilait l'Italie : des palmiers décevants, secs et jaunis comme des plumeaux, un bord de mer comme on en voit partout ailleurs, et des cheminées d'usines qui crachaient dans le ciel bleu des flots de fumée couleur d'encre et de mayonnaise.

Si les calculs de P.-P. étaient bons, il nous restait une demi-heure pour retrouver M. Coruscant.

– Il faut décider quelque chose, ai-je dit sans conviction.

– Oui, approuva de Culbert. Décidons quelque chose.

– Facile à dire, a remarqué Mathilde. Mais quoi ?

A vrai dire, je n'en savais rien. En tout cas P.-P. a semblé requinqué.

– Un point rapide s'impose, a-t-il dit. Intelligence et circonspection. Après tout, je suis là, c'est encore une chance pour nous tous.

Il se mit à polir ses lunettes avec un coin de pyjama, papillonnant des yeux comme s'il réfléchissait.

– En résumé, la situation est la suivante :

1. M. Coruscant, notre cher et dévoué professeur, ne se trouve plus dans le train.

a) Personne d'entre nous ne l'a vu ce matin.

b) Ses affaires ont disparu aussi.

2. A moins de tirer la sonnette d'alarme, nous serons à Venise dans vingt-trois minutes, à condition bien sûr que l'on puisse se fier à la ponctualité italienne...

Ainsi posé, le problème se ramène à cette double question : où est passé M. Coruscant et que devons-nous faire ?

– Et nos passeports ? a dit Mathilde, toujours pratique, M. Coruscant les avait ramassés.

La remarque fit perdre à P.-P. de sa belle assurance. Mais rien n'était plus vrai : sans papiers d'identité, entourés d'une foule d'Italiens, notre situation empirait à vue d'œil.

– Mais alors, s'exclama notre premier de la classe, touché par une illumination subite et à vrai dire plutôt géniale : voilà qui nous renseigne approximativement sur l'heure de la disparition de M. Coruscant !

Devant notre air surpris, il gonfla les joues avec satisfaction.

– Rien de plus simple en effet. Pour entrer en Italie, nous avons dû passer la frontière !

– Je ne comprends toujours pas...

– Élémentaire, mon cher Pharamon ! Qui dit frontière dit douane ! Qui dit douane dit vérification de passeports ! Et si nos passeports ont été visés, c'est qu'à ce moment-là notre bon professeur était encore dans le train.

– Je me suis réveillée à sept heures, précisa Mathilde. Il a donc dû disparaître entre le passage de la frontière et sept heures.

– Et en consultant la liste des arrêts inclus dans cette période... continuai-je.

– ... nous aurons une idée de l'endroit où notre estimé maître a pu nous quitter. J'avoue ne pas être trop mécontent de moi.

– Mais qu'est-ce que cela change ? reprit Mathilde avec agacement. Impos-

sible de revenir en arrière sans argent ni papiers.

– Et puis tout ça n'explique pas les raisons de sa disparition...

– Il y avait un autre homme dans le compartiment cette nuit, dit alors Mathilde. Sur la couchette en face de la sienne.

– Mirifique ! Mais à quelle heure est-il monté ?

– Vers deux heures, je crois.

– Tu en es sûre ? Aucun arrêt n'est prévu à cette heure-là sur mon indicateur ferroviaire.

– C'est bien ce qui m'a intriguée. Le train semblait arrêté en rase campagne. J'ai entendu deux hommes qui chuchotaient dans le couloir. Deux étrangers, sans doute, car je n'ai rien compris, sauf les mots « police » et « professeur », je crois.

– Professeur ? Et s'il s'agissait de M. Coruscant ?

P.-P. avait sorti une loupe de l'un de ses nombreux sacs et me fourrait sous le nez son œil démesurément agrandi.

– Je cherche des indices, expliqua-t-il en rampant sous les banquettes. Les criminels laissent toujours derrière eux des mégots de cigarettes turques, des tickets de blanchisserie ou des empreintes de pied bot...

– Je crois que j'ai trouvé quelque chose, dis-je alors.

Une feuille de calepin pliée en quatre s'était glissée entre le bord de la couchette et la paroi du compartiment. Fébrilement, je la dépliai.

– Alors ? interrogea P.-P.

– Rien, dis-je sans chercher à dissimuler ma déception. Aussi blanche que ma dernière copie de maths.

– Je m'en doutais. Le coup du message est un peu éculé.

Je crois plutôt qu'il n'avait pas encaissé qu'un autre que lui-même eût fait cette découverte. Nous nous rassîmes avec accablement. Cette fois, notre voyage était bien à l'eau. Et ce n'était pas la loupe de P.-P. Cul-Vert qui aurait pu retrouver M. Coruscant.

– Je ne vois que deux solutions, conclut P.-P. M. Coruscant a dû quitter le train dans la valise de l'inconnu, découpé en rondelles comme un vulgaire salami ; sinon, c'est qu'il a été enlevé cette nuit par la bande de la quatrième III, qui le torture en ce moment avec un luxe de raffinement inouï pour lui extorquer l'énoncé du prochain devoir d'histoire...

– C'est ça, dis-je. Tu devrais aussi vérifier que tu as toujours ton coupe-ongles, des fois que ce serait l'arme du crime...

Décidément, P.-P. Cul-Vert méritait sa photo dans le *Livre des records*. Et je ne dis pas ça parce que j'ai des copains en quatrième III.

– Cela ne sert à rien de se disputer, dit Mathilde. Je ne vois qu'une chose à faire : appeler nos parents pour qu'on vienne nous chercher.

Une fois de plus, elle avait raison. C'en était bien fini de notre beau voyage.

– Faites ce que vous voulez, dit P.-P. Moi, je file au consulat pour qu'on me rapatrie.

L'estomac vide, je me sens capable de tout. Mettre le feu au wagon aurait assez bien fait l'affaire sans les complications inévitables... Ce n'est pas que je sois violent, mais l'idée de me retrouver au collège après ce que j'avais fait pour gagner ce voyage me donnait des envies de carnage.

Histoire de passer mes nerfs sur quelque chose, je fis une boulette de la page de calepin et m'apprêtai à y mettre le feu lorsque soudain P.-P. cria :

– Regardez, regardez !

A la chaleur de la flamme, des lettres étaient apparues sur le papier.

– De l'encre sympathique ! beuglait P.-P. Pharamon, tu m'arrives presque à la cheville ! Comment n'y ai-je pas pensé plus tôt ? Avec du jus d'orange ou de citron, le message est invisible et n'apparaît qu'à la chaleur !

Rédigé en termes sibyllins, d'une écriture à peine lisible, le texte disait ceci : « CA' REZZONICO – P. LONGHI – IL PITTORE – XIXII – MUELLER. »

– Qu'est-ce que cela veut dire ? interrogea Mathilde.

– Aucune idée. Sans doute un code.

Nous n'étions pas plus avancés qu'auparavant. Au contraire, le mystère s'épaississait davantage : une disparition, un voyageur inquiétant, un message secret... Y avait-il un rapport entre ces trois éléments ?

Si seulement M. Coruscant avait été là !

7
La filature

Le drame avec moi, Pierre-Paul de Culbert, c'est mon intelligence prodigieuse. A côté, forcément, les autres passent pour des imbéciles, comme ce pauvre Pharamon qui depuis le début entrelarde de ses borborygmes mes géniales déductions.

Si, par malheur pour l'humanité, cette aventure m'était fatale, je lègue à la science, outre mon petit corps grassouillet, ce cerveau aux facultés exceptionnelles qui reste pour elle une énigme et qui m'étonne aussi moi-même. Quant à ma sœur, Rose-Lise, je lui laisse les timbres qu'elle m'a pris l'autre jour, à condition qu'elle me rende *De la Terre à la Lune* et ma règle graduée...

Mais, puisque je suis le héros de cette histoire, autant vous raconter ce qui est arrivé ensuite. Nature envieuse (et on le comprend), le médiocre Pharamon tente de tirer la couverture à lui et donne de ma conduite une version des plus fallacieuses. Je m'empresse de rétablir la vérité et de dire que, si la signification du message secret avait échappé à mes jeunes compagnons, je commençais pour ma part à me faire une petite idée de la situation. On ne s'appelle pas Pierre-Paul de Culbert pour rien...

J'ai préféré me taire cependant, d'abord parce que j'étais occupé à rassembler mes bagages, et aussi parce qu'un sentiment chevaleresque me dictait d'épargner à l'innocente Mathilde l'inquiétude qui, je l'avoue, était la mienne.

J'étais résolu à me placer au plus vite sous la protection des autorités. Si, comme je le soupçonnais, M. Coruscant avait bien été enlevé par l'inconnu du train, nous étions nous aussi en danger. Mon petit cœur se serrait à cette idée et, sans la crainte de ternir ma réputation par cette nouvelle marque de faiblesse, je me serais volontiers effondré en larmes.

Pharamon, histoire de faire admirer ses muscles de primate, avait soulagé Mathilde de sa valise et se frayait un chemin dans le couloir encombré. Comme j'aurais aimé une arrivée plus triomphale ! La gare ressemblait à toutes les gares : des porteurs, des chariots, une verrière noircie d'où pendaient des horloges.

N'ayant pas les manières brutales de Rémi, je fus évidemment le dernier à descendre.

– Dépêche-toi, gros lard ! me cria-t-il depuis le quai dans ce style châtié qui est le sien.

Mais que le grand esprit qui ne s'est jamais retrouvé coincé avec ses bagages par le prosaïsme narquois d'une porte de train me jette la première pierre : la loi des volumes jouait contre moi, et je commençais à éprouver une détresse semblable à celle d'une tranche de jambon entre deux pains beurrés lorsqu'un cri inhumain me débloqua d'un coup.

– Là-bas, regardez ! L'inconnu d'hier soir !

C'était Mathilde qui, remontée pour m'aider, avait laissé échapper ce hurlement. Il y avait de quoi en effet. A quelques wagons de là, un homme venait d'ouvrir la porte donnant sur la voie. Après s'être assuré que le chemin était libre, il sauta lestement à terre et, protégé des regards par l'alignement d'un autre train, il commença de gagner la sortie.

– C'est lui, je le reconnais ! balbutia Mathilde.

– Tu en es sûre ? dis-je, étonnamment maître de moi.

– Aussi sûre que je te vois. Le chapeau de feutre, la valise... C'est bien lui !

– Il faut le prendre en filature ! Il est certainement mêlé à la disparition de M. Coruscant. Rappelez-vous ce que Mathilde a entendu...

– Je refuse d'aller plus loin, ai-je dit en m'asseyant sur mes valises. Qu'on me laisse mourir ici, en terre étrangère, loin de l'affection des miens et oublié de tous.

– Bon dieu, P.-P. ! a dit Pharamon. C'est une chance unique de remonter jusqu'à Coruscant !

– *Monsieur* Coruscant, ai-je corrigé, accablé par cette ultime négation des lois du monde civilisé.

En même temps, je guettai de Mathilde un soutien qui ne vint pas.

– Eh bien, votons, proposa Pharamon. Qui est pour que l'on prenne l'inconnu en filature ?

– Moi, dit Mathilde.

– Moi, dit Pharamon.

Que pouvais-je faire ?

– Bon, dis-je. Je cède à la volonté populaire ; mais je refuse de faire un pas de plus si je dois porter mes bagages.

– Voilà qu'il recommence ses caprices ! s'emporta Pharamon, dont l'esprit obscurci vacillait sous les coups de boutoir de mon implacable détermination. Ça va, je te les porterai, mais dépêchons-nous !

Je suis un as des filatures. Un jour, j'ai suivi ma sœur pendant un après-midi entier sans qu'elle s'en aperçoive. Il faut dire que je m'étais caché dans le coffre de la voiture de son petit ami et que, sans mes sanglots qui alertèrent quelqu'un, je serais mort étouffé...

Mais là n'est pas la question. Nous n'eûmes aucun mal à retrouver l'homme parmi la foule des voyageurs qui convergeaient vers la sortie : plus grand que les autres d'une tête et demie, il portait un chapeau de feutre tyrolien d'un vert passé et orné sur le côté d'une plume de faisan.

Cependant, nous n'étions pas au bout de nos surprises...

Imaginez la gare de Lyon ouvrant non pas sur un boulevard, mais directement sur la Seine. Dans l'excitation de notre poursuite, nous avions presque oublié que nous étions à Venise ; soudain, passé le grand hall, nous débouchâmes sous le ciel de Venise, comme on entre dans une carte postale. Le Grand Canal était là, l'eau battant au pied des marches, bordé de palais aux façades vertes et roses devant lesquelles passait une flottille joyeuse de bateaux à moteur.

– Vite, vite, ahanait Pharamon, courbé sous le poids de mes bagages. Nous allons le perdre de vue.

L'homme, ignorant ses poursuivants,

faisait la queue à l'embarcadère du *vaporetto,* sorte de bus flottant qui assure les liaisons sur le Grand Canal.

– Mince, dit Pharamon. Nous n'avons pas d'argent italien.

– Tant pis, déclara Mathilde. Montons sans billet, c'est notre seule chance.

Que moi, Pierre-Paul Louis de Culbert, je puisse être confondu avec un vulgaire resquilleur, c'était, si j'ose dire, l'étincelle qui fait déborder le vase ! Mais déjà Pharamon me tirait à bord par la manche, on larguait les amarres, et je laissais sur le quai douze ans de vie sans tache et de probité.

– Vous êtes fous ! protestai-je de toute ma vigueur. J'appartiens à une famille honorable et...

– Silence ! Il nous regarde, coupa Mathilde.

L'homme, en raison de la foule, avait pris place à l'avant du bateau. Pharamon arborait de grotesques lunettes de soleil et sifflotait d'un air dégagé, la meilleure manière de nous faire remarquer. Je contemplais avec douleur la longue procession des palais sur la rive, des balcons en arcades se mirant dans l'eau verte, les parcs à bateaux plantés de pieux aux couleurs aussi vives que des berlingots. Mon sens artistique, si prodigieusement développé, se révoltait contre l'indifférence de mes compagnons. Notre professeur disparu, à qui aurais-je pu confier les nobles émois de ma jeune âme ? Stoïquement, je ravalai des larmes de dépit. Seul un gros sandwich au cornichon aurait pu me consoler de mon infortune...

L'homme à l'avant ne bougeait pas. Son faciès était dissimulé dans l'ombre. Était-ce là ce Mueller dont parlait le message ? A un arrêt du *vaporetto,* il passa devant nous et sauta sur le quai avant de s'enfoncer dans un dédale de ruelles obscures.

La course reprit. Cette fois, nous devions respecter une distance appréciable pour n'être pas repérés dans les *calle* étroites. Pharamon soufflait comme un phoque et, pour le décharger, je pris mon appareil photo et le guide de la ville dont j'avais eu soin de me munir.

– Mais qu'est-ce que tu as mis là-dedans ? grommelait mon portefaix.

– Oh ! le strict nécessaire : quelques chemises, des caleçons de rechange, une bouteille d'eau minérale, mon dico de latin, un nécessaire à chaussures, un parapluie pliant, trois pantalons, des chaussettes de laine, mon échiquier électronique et euh... je crois que c'est tout pour celle-là...

Trottinant et haletant, nous arrivâmes enfin sous des arcades. Un instant, l'homme s'immobilisa devant la vitrine d'un marchand de journaux et nous n'eûmes que le temps de nous jeter sous un porche pour ne pas être découverts.

Nous repartîmes de plus belle. Tout à coup, les ruelles se volatilisèrent, le ciel surgit, immense : c'était la place Saint-Marc.

Comme pétrifiés, mes compagnons se figèrent sur place, et je dois dire que moi aussi, j'en eus le souffle coupé. J'avais potassé mon livre de géographie, mais la réalité dépassait tout ce que j'avais pu imaginer.

– Regardez ! m'exclamai-je.

Là-haut, sur la tour de l'Horloge, deux géants de bronze armés d'une masse s'étaient animés. Au premier coup sur la cloche, une nuée de pigeons s'envola dans un bruit assourdissant. Ils étaient si nombreux qu'un instant le ciel s'assombrit au-dessus de la basilique.

– Mince alors ! dit Pharamon.

Et, pour une fois, il traduisait le sentiment général.

Mais quand nous rabaissâmes les yeux, il n'y avait plus trace de l'homme. Il s'était fondu dans la foule, et avec lui notre dernière chance de retrouver M. Coruscant.

8
Le trésor de guerre

Je déteste les pigeons.

C'est, je crois, ce qu'il y a de plus horrible au monde après la rougeole et les endives bouillies. Avec leurs ailes couleur d'essence et leurs petits yeux avides, ils sont si nombreux à Venise que la ville en est infestée comme d'une lèpre qui mine la pierre et la troue comme un gruyère.

J'aurais aimé que tu vois ça, Lucie, ta Mathilde perdue au milieu des pigeons de la place Saint-Marc. Je devais paraître bien ridicule, et fatiguée aussi... Tu connais les garçons, découragés pour un rien, et c'était à moi de leur remonter le moral.

– Nous avons été bêtes, ai-je dit. Reposons-nous un peu, et puis allons au consulat. Ils nous diront ce qu'il faut faire.

Nous nous sommes assis sans rien dire

dans un coin. Pierre-Paul recomptait ses bagages, Rémi se taisait.

– Oui, de vrais idiots, a-t-il marmonné. Ça ne te dérange pas que je fume une cigarette ?

J'ai dit non, bien sûr. Je ne savais pas qu'il fumait en cachette et cela m'a surprise. Mais, à part ça, je le trouve plutôt sympa pour un garçon. Quelquefois, il prend ses grands airs de dur, fait claquer son chewing-gum avec décontraction, histoire d'épater je ne sais qui. En tout cas, il doit voir que ça ne prend pas avec moi. D'autres fois, c'est comme s'il cherchait à dire quelque chose de gentil sans arriver à trouver les mots : il reste là, bouche ouverte, en se grattant furieusement les sourcils, et on voudrait l'aider, lui souffler comme au tableau...

– J'ai un peu d'argent français, a-t-il dit. Je vais le changer et, si tu veux, je te paie quelque chose à manger.

J'avais une faim de loup. Nous étions à jeun depuis la veille et, en plus, il y avait cette basilique au fond de la place qui ressemblait à une grosse brioche truffée de fruits confits.

Avant que j'aie pu répondre, il s'était levé d'un bond comme s'il avait vu le diable.

– Je rêve ! a-t-il dit. Dis-moi que je rêve !

Là-bas, à demi dissimulé par un pilier d'arcade, Pierre-Paul dévorait en douce un sandwich de la taille d'un triple décimètre !

– Tu en veux un peu ? a-t-il bredouillé en tendant à Rémi un croûton grignoté.

J'ai bien cru que Rémi allait lui casser la figure. Assez pâle, il a dit :

– Alors tu avais de l'argent et tu ne disais rien !

– Oh ! quelques lires tout au plus, s'est écrié Pierre-Paul. J'allais vous le dire, je t'assure ! C'est drôle, ça m'était complètement sorti de la tête... Un peu d'argent de poche que m'ont donné mes parents. Je pensais le garder pour les cas d'extrême urgence.

– C'en est un, a décrété Rémi. Tu vas nous offrir un vrai petit déjeuner, à Mathilde et à moi.

– Bon, bon, a dit Pierre-Paul assez piteusement. De toute façon, je l'aurais fait.

Nous nous sommes installés à un café de la place et, malgré les pigeons, ça a été le meilleur petit déjeuner que j'ai pris de toute ma vie. Il y avait un orchestre qui jouait sur une estrade et des chocolats si crémeux qu'on aurait dit des nuages dans notre tasse. Le plus drôle, ça a été au moment de commander : tout était en italien sur la carte.

– Tu es sûr que tu veux ça ! disait Pierre-Paul. Il y a un truc moins cher et sûrement bien meilleur ici...

– Non, disait Rémi. C'est exactement ce que je veux.

Imagine aussi la tête du garçon quand Pierre-Paul a pris son air supérieur pour dire :

– Nous sommes tombés sur un imbécile. Pourtant, mon latin est parfait !

On s'est expliqué avec des gestes pendant que Pierre-Paul faisait des comptes sur sa calculette. J'avais le fou rire et, après les émotions de la matinée, c'était comme si notre voyage commençait vraiment.

Sauf que M. Coruscant n'était pas là et que, ce soir au plus tard, nous serions dans le train pour Paris...

9
P.-P. se distingue

– P.-P., ai-je dit quand nous eûmes fini nos pâtisseries, merci de ta générosité.

En fait, P.-P. Cul-Vert est le plus grand radin que la terre ait porté. Il a fait semblant de ne pas entendre et s'est plongé dans son guide pendant que je parlais avec Mathilde.

Mathilde est une fille assez drôle. Je ne sais comment la définir : on a envie de la protéger, et en même temps elle paraît plus forte que moi et P.-P. réunis. Quand on parle, par exemple, elle semble douce, plutôt timide même. Et pourtant, j'ai toujours l'impression qu'elle sait à l'avance ce que je vais dire, même quand moi je ne le sais pas. Inévitablement, ça me coupe le sifflet, et j'ai l'air d'un idiot comme ça m'arrive souvent avec les filles.

Le carnaval commençait à Venise et la place était pleine d'arlequins avec des loups, de comtesses masquées et de Scaramouches au nez plus long que Cyrano de Bergerac. Bref, c'était une joyeuse pagaille.

« Dommage de manquer ça », pensai-je par-devers moi. Je serais bien resté là avec Mathilde et P.-P. à nous payer des pâtisseries.

Les vieilles pierres ne sont pas mon style, mais vraiment ça avait de l'allure. On se serait presque attendu à voir James Bond traverser la place sur sa gondole transformable. Mais, au lieu de James Bond, ce fut P.-P. qui créa la surprise.

– Je crois que j'ai trouvé quelque chose...

Il émit ce petit gloussement de satisfaction si caractéristique qu'il partage avec les poules et les vieilles dames, avant de brandir triomphalement son guide.

– Eh bien, quoi ? dis-je.

– La Ca' Rezzonico. C'est un ancien palais transformé en musée.

Je tirai de ma poche le message secret et comparai avec le guide de P.-P.

– Mon vieux, tu es génial.

– Je sais, dit-il. L'ennui, c'est que tout le monde ne le sait pas.

– Cela n'explique pas le reste du message : « P. LONGHI - IL PITTORE - XIXII - MUEL-

LER. » Qu'est-ce que cela peut bien signifier ?

– Laisse-moi me concentrer. Tu as bien dit que les hommes du train parlaient allemand ? A l'heure où ils sont montés dans le wagon, nous étions sans doute encore en Suisse...

– Où veux-tu en venir ?

– Je n'y arriverai jamais si tu m'interromps tout le temps. On peut donc supputer de ce qui précède que notre homme est sans doute suisse.

– Supputer ?

– Déduire, si tu préfères... Rien ne te frappe, dans ce message ?

– Non, dis-je, un peu honteux. Je n'ai jamais été très fort à « Cherchez l'erreur ».

– Moi si, intervint Mathilde. « XIXII, P. LONGHI, IL PITTORE, CA' REZZONICO » sont tous des noms italiens.

– A l'exception de MUELLER, continua P.-P., qui sonne plutôt germanique... Or si M. Coruscant était là, il nous rappellerait certainement que la Suisse est une confédération divisée en plusieurs cantons, où l'on parle quatre langues : le français, le romanche, l'italien et...

– L'allemand, s'impatienta Mathilde.

– Mon pauvre Pharamon, dit P.-P., je me demande comment tu as fait pour gagner ce concours !

Je crois que je devins écarlate. Sans le

savoir, il avait touché juste. Péniblement, j'articulai :

– T'occupe. Contente-toi plutôt de nous éblouir.

– Je crois que c'est fait. Le reste coule de source, il me semble. Mueller est certainement le nom de l'inconnu du train. Pour une raison que nous ignorons encore, il a rendez-vous avec un certain P. Longhi, italien celui-là, à la Ca' Rezzonico.

– Eh bien, nous y serons aussi, dis-je en me levant.

– Et le consulat ? Et nos parents ?

Mathilde elle aussi paraissait indécise.

– Vous oubliez M. Coruscant, dis-je. Si ces hommes l'ont enlevé, la moindre des choses que l'on puisse faire est de les retrouver. En tout cas, moi j'y vais...

– Ce scrupule t'honore, admit P.-P. Mais il me paraît plus prudent de prévenir la police.

– En latin ? Ils vont bien rigoler, les carabiniers. Et puis je te rappelle que nous sommes sans passeport.

– Il a raison, reconnut Mathilde. Allons à la Ca' Rezzonico.

– Vous l'aurez voulu. Mais, s'il nous arrive quelque chose, vous aurez ma mort sur la conscience.

– T'inquiète, mon vieux P.-P., avec moi tu ne risques rien.

Puis, bon prince, j'ajoutai :

– Tiens, pour épargner tes petits bras, j'irai même jusqu'à te porter tes bagages.

– Normal, fit P.-P. Chacun son rôle après tout : toi le muscle et moi la matière grise.

Par instants, P.-P. touchait vraiment au sublime.

10
La Ca' Rezzonico

Là, je dois ajouter quelque chose. L'admiration visible de Pharamon et de la douce Mathilde après mes fabuleuses déductions m'avait un peu grisé, je l'avoue... Nous sommes partis à travers les ruelles, le cœur battant à la perspective des dangers que nous encourions, et ce n'est qu'à la vue de la Ca' Rezzonico que le doute m'a saisi.

Et si, au lieu d'un nom, « xixii » était... Comment n'y avais-je pas pensé plus tôt, moi le génial de Culbert ?

– Bien sûr ! s'écria Mathilde en se frappant le front. Des chiffres romains ! Regarde, le tiret est à moitié effacé. Ce n'est pas « xixii », mais une date : « xix-ii ». Le dix-neuf février !

– Mais c'est aujourd'hui ! dit Pharamon, toujours aussi rapide à comprendre.

Et, sans souci de mes bagages, il se mit à courir de sa démarche balancée de grand singe des plateaux. Galamment, je fermai la marche, haletant et suant malgré la fraîcheur de l'hiver.

La Ca' Rezzonico se trouve sur la rive droite du Grand Canal. C'est un édifice imposant, construit selon mon guide aux XVIIe et XVIIIe siècles, et qui abrite aujourd'hui diverses collections de peinture. Arrivés à proximité des guichets où la foule se pressait, nous cherchâmes des yeux l'odieux Mueller et son chapeau tyrolien, seul détail caractéristique que nous connaissions de l'homme.

Mais il n'y avait là que de vulgaires touristes, armés de guides comme le mien.

– Tant pis, dit Rémi. Allons-y au culot.

Nous tînmes un rapide conseil de guerre. Le culot étant l'affaire de Pharamon, je me contentai de quelques conseils linguistiques. Peine perdue. Il revint bientôt du guichet, la mine dépitée.

– Rien à faire, gémit-il. Le type ne comprend rien.

– Attends, je t'accompagne.

Cette fois, le gardien dut sentir qu'il n'avait pas affaire à n'importe qui.

– *Ubi est quidam cum capellum tyrolianum ?* articulai-je avec netteté.

– *Scusi, non capisco. Non capisco,*

répéta l'homme dans ce sabir inimitable propre aux indigènes de l'endroit.

– Laissez-moi essayer, dit Mathilde. *Per favore, signor, cerchiamo un uomo con un cappello tiroliano.*

– *No, non l'ho visto. Ci sono molti turisti oggi, signorina.*

– Qu'est-ce qu'il a dit ?

– Je n'ai pas bien compris, souffla Mathilde avant de gratifier notre aimable interlocuteur de son sourire le plus hypocrite. Seulement qu'il ne l'a pas vu.

– Tant pis. Cherchons plutôt P. Longhi.

– D'accord, mais comment le reconnaître ?

– Cela me paraît évident, dis-je. P. Longhi est sûrement un individu louche. En plus, comme il attend Mueller, ce sera sans doute le seul à ne pas courir frénétiquement d'un tableau à l'autre.

Cependant, j'ajoutai prudemment :

– Il faut aussi que quelqu'un garde les bagages. Je me dévoue si vous voulez...

– Je commence à croire que tu as vraiment la trouille, riposta Pharamon. En tout cas, moi j'y vais. Reste si tu veux.

Ce qui fut dit fut fait. Je me postai en faction à côté des valises, les laissant disparaître par le vaste escalier du palais Rezzonico. Cette aventure était absurde.

11
Chou blanc

P.-P. Cul-Vert avait-il raison ? Tant d'événements inattendus s'étaient produits depuis le début de la matinée que mon esprit ressemblait à une balle de ping-pong. En quelques heures, nous avions perdu notre prof, nos papiers et l'inconnu du train, déchiffré un message secret, voyagé sans billet en *vaporetto* et risqué une indigestion de pâtisseries au milieu des pigeons de la place Saint-Marc...

Tout cela fait beaucoup pour de modestes collégiens. Et voilà que, maintenant, nous traquions dans un ancien palais vénitien un personnage dont nous ignorions tout, menaçant peut-être par nos initiatives inconsidérées la vie de M. Coruscant.

En résumé, nous avions agi comme de fiers imbéciles. Impossible pourtant de revenir en arrière : il fallait trouver ce Longhi, en espérant que, grâce à lui, nous pourrions remonter jusqu'à M. Coruscant.

J'essayais de me représenter la tête du principal lorsqu'il apprendrait que nous avions égaré l'un de ses professeurs comme une vulgaire chaussette, ses oreilles virant du rose à l'écarlate, puis le visage tout entier devenant couleur brique – mais un tel spectacle défie l'imagination.

– Si Pharamon se met à gagner des concours, avait-il dit quelques jours auparavant, c'est que de grandes tragédies se préparent.

Sans doute ne croyait-il pas si bien dire. Je voyais aussi les titres des journaux : « Un enseignant se volatilise entre la France et l'Italie » – « Le disparu du 20 heures 15 notait-il trop sévèrement ses élèves ? » – ou encore : « Stupéfiantes révélations dans l'affaire du Paris-Venise : le principal accuse un redoublant de la quatrième II ! »

Comme d'habitude, tout me retomberait dessus, il fallait s'y attendre. Rien ne se passe au collège sans qu'on pense Pharamon. Cette fois, pourtant, je n'y étais pour rien ; s'il y avait eu un prof à faire disparaître, j'aurais pu donner des noms, toute une liste même. Mais M. Coruscant était plutôt chic type et je l'aurais volontiers échangé à ses ravisseurs contre deux ou trois autres...

Mais qui étaient ses ravisseurs ? Que faisait ce Mueller à Venise ? Quand nous aurions trouvé Longhi, si nous le trouvions jamais, rien ne disait qu'il nous mènerait à M. Coruscant. Quant au rendez-vous du message... Non, P.-P. avait raison : il fallait sortir d'ici, nous rendre au consulat.

S'il n'y avait pas eu Mathilde, je crois bien que j'aurais tout abandonné à cet instant. Le palais était trop grand, des suites de pièces interminables avec des tableaux dans des cadres, une véritable horreur. Mais Mathilde disait : « Essayons encore par là », et je la suivais, passant de salle en salle et dévisageant les visiteurs qui se faisaient plus rares à mesure que l'heure tournait.

– On finira bien par le trouver, répétait la persévérante Mathilde. Je crois qu'il y a un autre étage. Nous avons juste le temps avant la fermeture.

Mais le second étage était presque désert. Nous traversâmes une salle pleine de fresques, une chambre à coucher avec un lit si petit qu'on aurait dit celui d'un nain. Dans la pièce d'à côté s'entassaient des meubles chinois, entièrement laqués à l'or vert dans le genre de ceux de ma tante

Marceline, des trucs que personne à part elle ne voudrait avoir chez soi.

Je commençais à avoir sérieusement mal aux pieds. De toute manière, il était presque une heure, c'était fichu pour cette fois-ci.

– Tant pis, dit Mathilde. Redescendons.

Nous retrouvâmes P.-P. dans le hall, à demi couché sur les bagages et dormant comme un bienheureux. Les émotions de la matinée nous avaient tous brisés. Mais le musée fermait, il fallait reprendre les valises, arpenter à nouveau les ruelles. En plus, la pluie s'était mise à tomber.

12
Découragement

J'aurais aimé que tu sois là, Lucie. Rien n'est plus triste que Venise sous la pluie. Il y a des petits ponts partout, des canaux sans reflets où la pluie rebondit, des bâches sur les gondoles qui oscillent doucement. On dirait qu'il fait déjà nuit et j'ai du mal à voir ce que j'écris.

Lundi. L'année dernière, à cette même époque, on grignotait des sandwichs dans un coin du parc en attendant l'heure de la gym. Tu ne peux savoir comme je vous regrette. Au collège Chateaubriand, il n'y a pas de parc, juste une cour avec un terrain de foot, un morceau de pelouse sur lequel il est interdit d'aller... Comme j'en veux à mes parents d'avoir déménagé !

Je sais bien : ça ne sert à rien de pleurnicher sur le passé. Ça m'arrive même en cours et, l'autre jour, le professeur principal m'a dit qu'il ne me proposait pas malgré mes résultats pour les félicitations, qu'il fallait que je m'adapte, que je m'intègre mieux à la classe.

– Je suis content que tu fasses ce voyage avec Pharamon et de Culbert, a-t-il ajouté. Dans un genre bien différent, ce sont tous les deux des garçons très chics et je suis sûr que tu apprendras à mieux les apprécier.

C'était la meilleure chose à dire pour me dissuader de partir. Je déteste qu'on m'impose mes amis, et s'il n'y avait pas eu le plaisir de découvrir Venise...

De toute manière, c'est fini. Nous nous sommes abrités sous un porche en attendant que la pluie cesse et, tout à l'heure, nous irons au consulat. C'est la seule chose à faire maintenant. Il faudra tout expliquer : M. Coruscant, le message, pourquoi nous n'avons pas prévenu chez nous, et le reste – un mauvais moment en perspective. Mes parents seront fous furieux quand ils sauront, et je crois que je peux dire adieu aux vacances avec toi.

Quand je t'enverrai cette lettre, je serai rentrée à Paris, et la seule chose qui me console, c'est que j'aurai peut-être un mot de toi...

J'aperçois Rémi qui revient tout trempé avec de la pizza et des Coca. Je te quitte pour l'instant parce que j'ai vraiment faim.

13
L'homme
aux dobermans

Venise, sur la carte, ressemble à la tête d'un éléphant. Le Grand Canal qui coule au milieu forme à la fois le contour de l'œil et la bouche, avec une multitude de petits canaux dessinant tout autour un entrelacs de veines compliqué. A la naissance de la trompe, la place Saint-Marc où nous avons perdu notre homme. Juste en face, séparée par un autre canal, l'île de la Giudecca, pointée comme une défense vers la lagune.

Si j'avais bien compris les indications de mon guide, le consulat de France se trouvait en bordure du canal de la Giudecca, tout près de la bouche.

En quittant la Ca' Rezzonico, nous avions marché au hasard des rues et j'aurais été incapable de dire où nous nous trouvions désormais. Mon fameux sens de l'orientation n'avait pas résisté à la pluie, à la déception et aux ampoules aux pieds.

– P.-P., dit tout à coup Pharamon, je suis sûr que nous sommes déjà passés devant ce machin.

– Ce machin, comme tu dis, s'appelle une église. Santa Maria dei Frari, si je ne m'abuse, l'un des plus purs joyaux de l'architecture gothique médiévale.

– Bah ! une église est une église, dit Pharamon. En tout cas, ton pur joyau n'est pas du tout sur le chemin. Voilà près d'une demi-heure qu'on tourne en rond.

– Tu n'as qu'à prendre le plan puisque tu es si fort !

C'est vrai : quand on est nul en géographie, on ne vient pas donner des leçons aux autres. Mon calme légendaire commençait à m'abandonner, d'autant que nous étions vraiment perdus.

– D'ailleurs, sans tes avis ridicules, nous n'en serions pas là, ajoutai-je.

– Je te ferai remarquer que nous avons voté, et si tu n'avais pas emporté tout ce barda, nous n'aurions pas perdu Mueller...

Dans le cadre sublime de la place, la mesquinerie de Pharamon était proprement colossale. On se serait crus dans un décor de théâtre, avec ces façades anciennes, le pavé luisant de pluie, le ciel où roulaient des nuages rose et bleu. Quelques pigeons voletaient au-dessus des toits et, dans l'embrasure sombre d'une ruelle, le pied d'un arc-en-ciel s'irisait d'un prisme de vapeurs multicolores.

Tout cela, bien sûr, échappait à Pharamon. La mauvaise humeur gagnait notre petit groupe, et l'admirable cohésion dont nous avions fait preuve au plus fort du danger commençait à montrer des signes de faiblesse tout à fait regrettables.

– De toute façon, dit Pharamon sombrement, si une demande de rançon a été envoyée au collège pour M. Coruscant, tout le monde doit déjà être au courant. Nous ne couperons pas à une belle engueulade.

– C'est vrai, dis-je. Inutile de nous presser.

– Il n'y a qu'à acheter un journal, proposa Mathilde. Nous verrons bien si on en parle ou pas.

– Acheter, acheter ! protestai-je. On voit bien que ce n'est pas votre argent.

Je m'exécutai à contrecœur et, je ne sais pourquoi, la vue des billets que m'avaient donnés mes parents à l'instant du départ me mit les larmes aux yeux. Non par radinerie, je m'empresse de le dire : tout à coup, mes parents me manquaient horriblement.

Mathilde revint, l'air déçu. C'était un peu comme si je perdais un pull tricoté par ma mère, un signe de leur tendresse ou quelque chose qui leur aurait appartenu depuis longtemps.

– Je n'ai trouvé que ça. Pas d'autres journaux en français.

C'était la *Gazette de Genève*. Je la connais parce que mon père y est abonné, en raison des informations boursières.

Nous parcourûmes les colonnes sans grand espoir. Un nouveau coup dans l'eau...

– Non, attendez ! s'écria Mathilde. Je crois que j'ai trouvé quelque chose !

Ce qu'elle nous montrait était la photographie d'un homme complètement chauve, d'une cinquantaine d'années, au visage à demi dissimulé par le bout d'un énorme cigare.

– Horrible, dis-je. Mais je ne vois pas...

– Lisez ! La légende, là !

Nous poussâmes en même temps une exclamation de surprise. Sous la photographie s'étalait le nom du dernier homme que nous nous serions attendus à trouver dans la presse...

La coïncidence, si c'en était une, était proprement incroyable !

– Mueller ! L'homme du message secret ! s'exclama Pharamon.

Était-ce possible ? Je me frottai les yeux avec incrédulité. « Heinz Mueller, le célèbre collectionneur, dans sa villa du lac

Léman », disait la légende. Venait ensuite un court article sur lequel nous nous jetâmes, lisant tête contre tête tandis que Pharamon suivait en ânonnant avec le bout de son index.

« *Heinz Mueller, le richissime collectionneur, est sans doute l'un des hommes les plus mystérieux de notre époque. Les informations les plus contradictoires circulent sur les origines de sa fabuleuse fortune, estimée dans les milieux autorisés comme l'une des toutes premières du monde.*

« *Heinz Mueller a-t-il été, comme d'aucuns l'ont prétendu, l'un des financiers occultes du IIIe Reich ? Le flou concernant cette période de sa vie est total.*

« *Aujourd'hui, reclus dans sa villa des bords du lac Léman, près de Genève, il s'est retiré des affaires et vit entouré de ses dobermans et d'une collection d'œuvres de l'école italienne, sans doute unique en Europe. Ses dernières acquisitions ont fait flamber les prix sur les marchés d'art de Londres et de Paris, atteignant des sommes jusqu'alors inimaginables pour un particulier.*

« *Nul d'ailleurs ne peut évaluer l'état actuel de ses possessions : jalousement gardés derrière les murs de sa forteresse, ces trésors du patrimoine artistique restent interdits au public comme aux journa-*

listes. On peut s'interroger sur l'étrange manie qui pousse cet homme à amasser pour lui seul tant de chefs-d'œuvre et à faire de sa villa genevoise le musée interdit le mieux doté du monde occidental... »

– Ne nous emballons pas, dit Pharamon après quelques instants où nous restâmes sans voix. Rien ne dit que ce soit *notre* Mueller... Et puis l'homme du train était grand et plutôt mince.

– Suisse, peinture italienne, ce nom, tout se recoupe ! La coïncidence serait par trop extraordinaire !

– C'est que nous avons mal raisonné, voilà tout, approuva Mathilde. Mueller n'est pas l'homme du train, mais le signataire du message.

– Je ne vois qu'une chose à faire, dit Pharamon. Retournons au palais Rezzonico.

En même temps, comme pour ranimer notre enthousiasme, le soleil perça entre les nuages éclairant la place d'une multitude de gouttelettes d'or.

Mais aucun d'entre nous n'y prêta attention.

14
P. Longhi

Cette fois, nous n'eûmes aucun mal à
retrouver notre chemin. P.-P. semblait
dopé par notre découverte et trottinait en
tête, le nez plongé dans son espèce de
guide. Mathilde m'adressait des sourires
radieux, on aurait dit une hirondelle, flottant dans les plis de son caban trop grand.
En un mot, j'étais heureux...

Et cependant, si j'avais su vers quels
dangers nous nous précipitions, j'aurais
eu de quoi me faire des cheveux blancs.

Sous le soleil, la Ca' Rezzonico avait
une autre allure. Ca', dans la langue du
coin, est une abréviation pour *casa,* la
maison, et Rezzonico, le nom de la famille
qui l'a fait construire. Dans un sens, c'est
tout de même mieux que « villa Mon
Repos » ou « Le Havre à Bibi » comme
chez l'oncle Firmin. Si ma mère était là,

elle dirait sans doute que toutes ces grandes pièces doivent être des nids à poussière, mais ils avaient des domestiques à l'époque et, de toute façon, c'est le genre de maison que l'on n'aura jamais...

Voilà à quoi je pensais en montant à nouveau l'escalier du palais. Au plafond, des peintures très ressemblantes montraient des scènes mythologiques. P.-P, sous prétexte de les étudier, en profitait pour regarder les femmes nues : Vénus, Diane et son arc, d'autres déesses qui semblaient en pique-nique sous des saules, avec des tas de *Cubidons* presque aussi gras que P.-P. et de petites ailes en plus. On aurait voulu toucher pour voir si c'était sec, tellement la peinture semblait brillante et fraîche.

Il y avait plus de monde encore que le matin, des groupes en file indienne, et cela rendait presque impossible la recherche de P. Longhi. Comment le trouver parmi cette foule ? Quand bien même nous y réussirions, impossible de l'aborder et de demander, mine de rien, s'il ne serait pas par hasard le ravisseur de M. Coruscant, et s'il pouvait nous le rendre, histoire d'éviter les complications avec le principal...

Nous nous étions partagé les étages : P.-P. au premier, avec les bagages, Mathilde au troisième. Comme j'explorais le mien, j'entrai tout à coup dans une petite salle que nous n'avions pas remarquée auparavant. Les murs étaient tapissés de tableaux, une bonne trentaine au moins. Sur l'un d'eux, on voyait un rhinocéros entouré de Vénitiens masqués qui portaient des bicornes et des capes de carnaval.

Au milieu de la pièce, étrangement déserte malgré l'affluence, un homme avait dressé un chevalet. On aurait dit un étudiant des Beaux-Arts comme on en voit au Louvre, appliqué à reproduire des toiles de maître sous la surveillance des gardiens. En général, j'ai remarqué que c'est leur tableau qu'on regarde plutôt que celui du maître... Quoi qu'il en soit, celui-là était plutôt âgé pour un étudiant. Armé d'une paire de pinceaux, il mettait la dernière touche à sa copie. Il se tourna vers moi avec un grand sourire.

– *Wunderbar !* fit-il en désignant l'enfilade des tableaux.

On l'aura remarqué : les langues ne sont pas ma matière forte. En tout cas, lui le remarqua, car il ajouta avec un fort accent :

– Beau, n'est-ce pas ? *Ach !* Longhi grand peintre, *ya !*

Je crus une seconde que j'allais tomber à la renverse... Longhi ! Mais comment n'y avions-nous pas songé plus tôt ?

Et P.-P. qui mourait de peur ! C'était vraiment trop drôle ! Ainsi, nous avions tremblé de rencontrer, non pas un dangereux gangster international, mais... un peintre ! Un innocent petit peintre vénitien mort depuis près de deux siècles !

Car c'était bien le nom inscrit sous les tableaux, dans les étroits cartouches de cuivre. Il y avait là une salle pleine de Longhi et nous étions passés à côté sans la voir.

– Faramineux, Pharamon ! s'enthousiasma P.-P. quand je l'eus informé de ma trouvaille.

Je n'étais pas peu fier à vrai dire. Mais la vraie récompense fut le sourire de Mathilde, et les grands yeux passionnés qu'elle ouvrit pour dire :

– Mais alors, ça change tout ! Si l'homme du train ne vient pas là pour un rendez-vous, c'est que...

– « Pietro Longhi, coupa P.-P. lisant doctement la notice de son livre en s'humectant le doigt. Peintre vénitien, 1702-1785. Ses scènes de genre, tel le fameux *Rhinocéros,* peignent avec humour et pittoresque la vie mondaine de son époque. Dans le *Ridotto,* son œuvre la plus célèbre, il exprime toute la... »

– Ça va ! Un peu tard, M. l'Encyclopédie. C'était ce matin qu'il fallait dire tout ça. Venez, je vais vous montrer.

Nous remontâmes quatre à quatre les marches jusqu'au deuxième étage.

– Tiens, l'étudiant n'est plus là... Voilà le *Rhinocéros,* là-bas le *Ridotto.* Pas besoin de guide, mon vieux, tout est marqué dessous.

– Si Mueller est bien celui que nous pensons, dit Mathilde en poursuivant son idée, et que l'homme du train doit venir ici comme l'indique le message, je ne vois qu'une raison.

J'avoue que, pour ma part, je n'y comprenais plus rien.

– Mais si ! Mueller est collectionneur, et plutôt louche à mon avis. Longhi est le nom d'un peintre ; donc Mueller a dépêché l'homme du train dans le seul et unique but...

– ... de voler un Longhi ! s'exclama P.-P., toujours pressé de tirer les marrons du feu. C'est lumineux ! Je m'étonne de n'y avoir pas pensé moi-même.

– D'accord, dis-je. Nous sommes tombés sur une bande de trafiquants de tableaux. Mais M. Coruscant dans tout ça ?

– Peut-être avait-il découvert quelque chose. Et si c'était un agent des services secrets, cachant sous de médiocres activités pédagogiques une vie d'espion exaltante et mouvementée ?

– C'est toi qui nous exaltes, P.-P. avec

tes âneries. Mathilde et moi sommes en train de penser, si tu permets...

En fait, c'était tout réfléchi. Je regardai Mathilde, mais je savais que nous pensions à la même chose. Il restait à ménager P.-P., ce qu'elle fit en lui prenant le bras.

– Si l'on en croit le message, dit-elle, le tableau sera volé aujourd'hui 19 février. Je ne vois qu'une solution.

– Ah oui ? dit P.-P. Je serais ravi de savoir laquelle.

– Ça m'étonnerait... Il faut passer la nuit ici.

– Dans le palais ?

– Dans le palais.

– Bon, admit P.-P. tranquillement. J'ai un plan.

Cette fois, c'est nous qui en restâmes soufflés.

15
Le plan de P.-P.

Il y a des moments où je m'effare moi-même.

Si j'avais pu, je serais tombé à genoux devant moi en signe d'adoration. Où puisais-je tant de mâle désinvolture ? Pas un nerf en moi n'avait bronché à l'annonce du périlleux projet de Pharamon ; au contraire, réagissant à la vitesse d'un ordinateur, mon cerveau avait aussitôt conçu pour y répondre un plan d'une simplicité si diabolique que j'en fus presque effrayé.

— D'abord, expliquai-je à mi-voix, acheter à manger. L'intendance est la clef de ce genre d'entreprises, et si nous devions avoir faim au milieu de la nuit...

Mais je préférais ne pas envisager cette tragique hypothèse.

— Ensuite, continuai-je, nous laisser

enfermer dans le palais... J'ai repéré tout à l'heure une sorte de réduit sous le grand escalier. Nous devrions pouvoir y tenir avec nos bagages. Tout est affaire de discrétion et de célérité.

Pharamon se gratta le menton avant d'opiner pensivement : cette dernière remarque excédait largement les capacités réduites de son vocabulaire. Il se chargerait des provisions, tandis que j'irais avec Mathilde m'assurer de la commodité de notre cachette. Y avait-il des questions ?

Il n'y en avait pas. Mon plan ne souffrait à vrai dire aucune discussion. Il restait maintenant à l'exécuter.

Le problème majeur était le nombre des bagages. Comment les faire disparaître dans le cagibi sans éveiller l'attention des gardiens ? Je conseille à tous ceux que tente l'aventure de se munir d'un élément féminin, toujours fort pratique dans ce genre d'occasions. Avec la rouerie propre à son sexe (et que j'ai eu matière à expérimenter de nombreuses fois en la personne de ma sœur), Mathilde s'occupa d'endormir la vigilance des gardiens, me laissant opérer prestement à l'abri de l'escalier.

Il fallait faire vite, car l'heure de la fermeture approchait. Déjà, une foule bruyante refluait vers la sortie. Pourvu que Pharamon ait le temps de revenir ! Je surpris une même inquiétude dans le regard de Mathilde, et pris sur moi pour la rassurer. En fait, je n'en menai pas large.

J'avais proposé cela pour crâner, me montrer enfin à la hauteur. Comme personne ne lira ce journal, je peux l'avouer :

il y a des moments où je ferais tout pour ne plus être P.-P. Cul-Vert. Pour avoir, ne fût-ce qu'une seule seconde, la désinvolture d'un Pharaon et une poignée de centimètres en plus.

Pour tout cela, je donnerais bien ma calculette à douze fonctions. Car maintenant qu'il fallait passer à l'action, je me sentais plus petit et plus faible que jamais.

Soudain, une main me tapota l'épaule : Pharamon avait profité de la confusion de la fermeture pour se glisser à contre-courant jusqu'à nous.

– Vite, souffla-t-il. Filons dans notre trou.

– Tu as bien les sandwichs ?

– T'inquiète, P.-P. Bon sang ! Il fait noir comme dans un four ! Pousse-toi un peu, je n'ai pas de place.

Il faut dire que l'obscurité m'avait quelque peu abusé sur le volume de notre cachette. Je me retrouvai plaqué contre ce qui semblait être un râtelier à balais, tandis que Pharamon s'efforçait en pestant de refermer la porte sur nous. Aussitôt, le noir fut complet et Mathilde étouffa un petit cri.

– Allons, n'aie pas peur, chuchotai-je en essayant d'extraire son coude de mes côtes. Je suis là.

– Je sais bien que tu es là : tu es même debout sur mon pied !

– Chut ! fulmina Pharamon.

Le bruit, progressivement, avait décru autour de nous. Bientôt, nous n'entendîmes plus que le pas fatigué des gardiens, l'écho de conversations mêlées au tintement des clefs. Quelques bruits plus proches nous firent tressaillir : les barres, sans doute, qu'ils plaçaient aux fenêtres. Et s'ils allaient ouvrir le cagibi ? Instinctivement, nous retînmes notre respiration.

Puis le silence tomba. Je crus entendre encore un martèlement lourd, mais c'était le bruit de mon cœur. Cette fois, nous étions bien enfermés dans le palais.

16
Les fantômes
de la Ca'Rezzonico

Comment vous raconter cette nuit mémorable ? Notre attente dans ce placard poussiéreux, avec Mathilde contre moi, si près que je sentais contre mon visage l'odeur tiède de ses cheveux ? L'impression de silence immense et d'abandon ? La peur de bouger, qu'on nous découvre, pris au piège comme des rats ? Je ne suis pas du genre trouillard, mais je me rappellerai cette nuit-là tout le reste de ma vie.

Il me semblait que si je respirais, le bruit allait s'entendre à des lieues à la ronde. Je pensais à cette maison abandonnée que nous avions trouvée un été, près des Sables-d'Olonne. On y allait pour se faire peur, fumer des cigarettes et jouer aux détectives. Jamais alors je n'aurais imaginé qu'un jour je passerais la nuit dans un palais désert à traquer des voleurs de tableaux...

C'est P.-P. qui a fini par craquer le premier.

– Je suis claustrophobe, a-t-il murmuré.

Ce qui doit signifier un besoin pressant car, aussitôt la porte ouverte, il a filé aux lavabos.

Quant à moi, j'avais l'impression d'avoir été plié sous un pied de commode pour servir de cale. Le palais était plongé dans une obscurité complète, et P.-P., toujours prévoyant, avait tiré de son sac une torche électrique qui jetait sur le plafond des ombres gigantesques.

Nous traversâmes les salles désertes où nos pas résonnaient, serrés les uns contre les autres, sursautant chaque fois que surgissaient des ténèbres la masse sombre d'un meuble, un cadre au contour biscornu, ou ces statues d'esclaves nègres dans l'immense salle de bal du rez-de-chaussée.

– Aah ! hurla tout à coup P.-P. en lâchant la lampe. Là-bas, un monstre !

Mais ce n'était qu'une tapisserie, au réalisme si saisissant que je faillis détaler à mon tour. Sous la lumière de la torche, les tableaux paraissaient s'animer, comme si les portraits nous avaient suivis des yeux. Mathilde tâchait de se repérer, nommant les salles où nous passions, une manière sans doute de tromper son anxiété.

Il fallait trouver une cachette commode, car l'attente serait sans doute longue. La chambre à coucher faisait un poste de guet idéal, tout à côté de la salle des Longhi, et ouvrant sur de petits cabinets où nous pourrions nous réfugier en cas d'alerte.

C'est là que nous nous installâmes. On se serait cru à une veillée autour du feu de camp, avec le halo rassurant de la lampe et, tout autour, l'immensité glaciale de la demeure, un dédale de corridors, de portes et de salles plus sombres les unes que les autres. Sortir du cercle de la lampe pour prendre les sandwichs me fit froid dans le dos. Nous parlions à mi-voix, mais chaque mot résonnait, prenait un volume inhabituel dans le silence du palais.

A un moment, la faible détonation produite par l'ouverture d'une boîte de Coca nous fit sursauter violemment, amplifiée par l'écho qui roulait de salle en salle comme des coups de feu.

– Et s'ils étaient armés ? risqua P.-P. en mordant dans son sandwich.

Personne n'osa répondre. J'avais posé à côté de moi mon canif à huit lames, histoire de me rassurer. Je commençais vraiment à regretter d'avoir arrêté le judo.

Assise en face de moi, Mathilde ne

disait rien. Elle semblait plus petite, enveloppée dans son caban comme si elle avait froid, le visage constellé de taches de rousseur sous l'éclat de la torche.

A mesure que le temps passait, l'attente se faisait plus pesante. Je sentais mes paupières s'alourdir ; mais, en même temps, une autre partie de moi était en ébullition, comme cette fois où j'avais bu du café avant de dormir.

– Je me demande quelle impression ça fait d'être mort, disait P.-P. Un jour, j'ai essayé de me coucher sans bouger sur le sol, mais je me suis endormi. De toute façon, continua-t-il, impossible de savoir ce qu'on ressent puisqu'on est mort. C'est un peu comme d'essayer de voir dans une glace quelle tête on a quand personne ne vous regarde...

– Chut ! murmura subitement Mathilde en dressant l'oreille.

Aussitôt, j'éteignis la lampe et nous restâmes dans le noir.

– Mais je n'ai pas fini mon Coca ! gémit P.-P.

Un nouveau chut le fit taire. Des bruits venaient d'en bas, à peine audibles d'abord, puis de plus en plus nets : on aurait dit une lime raclant contre quelque chose de dur.

Nous nous glissâmes à pas de loup dans le petit cabinet donnant sur la salle des

Longhi. Par la porte entrebâillée, on pouvait apercevoir un coin de mur, à peine une fente, mais suffisante cependant pour surveiller la pièce.

Les instants qui suivirent me parurent interminables. En bas, les bruits avaient repris. C'étaient maintenant de petits craquements, une suite de chocs étouffés, entrecoupés de silences plus inquiétants encore. Que se passait-il ? Puis quelque chose céda avec vacarme et ce fut tout.

De l'endroit où nous nous trouvions, il était impossible de localiser avec précision d'où venaient les bruits. Tantôt ils semblaient très lointains, d'autres fois plus proches, presque à côté de nous.

Je m'aperçus alors que j'avais oublié mon canif dans la chambre à coucher... C'était la catastrophe ! Ils allaient forcément tomber dessus, et alors...

– Les voilà ! chuchota Mathilde en me pressant le bras.

Cette fois, quelque chose venait vers nous. Je dis « quelque chose » parce que ça n'avait rien d'humain ou de reconnaissable : des frôlements plutôt, des murmures, de petits geignements comme on en imagine dans les rêves de fantômes. Les ongles de Mathilde s'enfonçaient dans mon bras, et je sentais tout contre moi la jambe de P.-P. qui tremblait.

– Ils sont là ! balbutia-t-il.

Alors ce fut la confusion. Dans un vacarme épouvantable, P.-P. avait lâché la torche et s'enfuyait en hurlant! Au même instant, une lueur aveuglante inonda le cabinet où nous nous trouvions. Mathilde poussa un cri et disparut à son tour. Sans réfléchir, je lançai le pied vers la source de lumière, rencontrai une surface molle qui poussa un gémissement et profitai de l'obscurité pour m'enfuir aussi vite que je pus.

S'étaient-ils lancés à ma poursuite ? Des bruits de pas claquaient derrière moi, ou peut-être devant, je ne savais plus, tâtonnant dans le noir, butant contre des portes, des meubles, et repartant de plus belle comme si j'avais eu le diable aux trousses.

Les cris de P.-P. semblaient venir de mille endroits à la fois, mêlés aux jurons des hommes. Je me jetai dans l'escalier, dévalant les marches quatre à quatre au risque de me rompre le cou. Il fallait atteindre les lavabos, le seul endroit sûr, m'enfermer à double tour ! Après, on verrait bien...

Mais où était Mathilde ? Les hommes l'avaient-ils attrapée ? Remonter, la trouver ! Non, c'était au-dessus de mes forces. Et puis, il y avait P.-P. que l'on n'entendait plus...

Soudain, une forme sombre se dressa devant moi. Je voulus l'éviter, mais tombai presque sur elle : c'était Mathilde. L'empoignant par le bras, je la tirai de toutes mes forces vers une porte, m'engouffrai avec elle et poussai le verrou. Les lavabos ! Nous étions sauvés !

17
Le tricheur.

Sauvés... Enfin presque ! Parce que P.-P. à son tour avait disparu.

Mathilde et moi, nous attendîmes près d'une heure, enfermés dans ces lavabos, avant de risquer une sortie en tremblant. Les visiteurs étaient partis depuis longtemps, mais P.-P. restait introuvable.

– Est-ce que tu crois qu'ils l'ont enlevé ? demanda Mathilde d'une voix mal assurée.

– Je ne sais pas... Tout ça ressemble à un cauchemar.

– Qu'allons-nous faire ?

– Je ne sais pas. Vraiment, je ne sais pas. Attendons le matin, on décidera après.

– Je crois que je n'arriverai jamais à dormir. Si ces hommes revenaient...

– Ils ne reviendront pas. De toute façon, on veillera à tour de rôle.

Nous nous installâmes à nouveau dans la chambre à coucher, le seul endroit du palais qui soit à peu près rassurant. Il faisait glacial et Mathilde frissonnait. Je l'obligeai à prendre mon pull marin. Moi, j'avais un blouson bien épais. De toute manière, je n'arrivais pas à rester en place. Tandis que Mathilde s'était allongée sur le petit lit, je déambulai dans la pièce, tenaillé par le remords et l'inquiétude. Je me rappelai comme je m'étais moqué de P.-P. et l'air bêtement suffisant que j'avais eu pour lui dire qu'avec moi il n'avait rien à craindre...

Depuis le début, je m'étais conduit de la pire manière. Ce concours, d'abord, puis mes initiatives ridicules pour épater Mathilde, comme de nous lancer à la poursuite de l'inconnu du train ou de squatter de nuit un musée italien. A cause de moi, Philibert était resté à Paris, on avait kidnappé P.-P. et nous étions dans une mélasse noire. Il n'y avait vraiment pas de quoi être fier de s'appeler Pharamon.

— Tu crois vraiment qu'il risque quelque chose ? murmura Mathilde.

— Bien sûr que non. Dors maintenant.

Sa voix me parvenait de très loin. La lueur blême de la lune tombait sur le lit, j'apercevais sa petite forme sombre, ses deux yeux grands ouverts, brillants comme ceux d'un chat.

– Peut-être a-t-il réussi à s'échapper, lui aussi...

– De toute façon, ce qui arrive est ma faute. Jamais je n'aurais dû proposer de passer la nuit dans le palais.

– Nous étions tous d'accord, protesta-t-elle.

– Non. Sans moi, rien de tout cela ne serait arrivé.

J'avais repris mes cent pas, évitant de la regarder.

– Il faut que je te dise quelque chose, Mathilde.

Cela me soulageait de lui parler. La franchise n'est pas mon fort, mais j'avais cette histoire sur le cœur depuis le départ. Maintenant que P.-P. n'était plus là, tout semblait plus facile.

– C'est ce concours... J'ai triché pour le gagner. J'ai un oncle, il s'appelle Firmin. Il est agent de mairie. Alors, quand il a entendu parler du concours... Tu comprends, ça lui était facile. Il s'est arrangé pour avoir les sujets à l'avance. Moi, comme un idiot, j'ai quand même réussi à mélanger des dates. Pour un peu, je ne partais pas.

Mathilde ne disait rien. Mais le plus dur était fait.

– Le pire c'est que sans moi, c'est Philibert qui partait. Mon meilleur copain. Il a travaillé pour ce concours comme une brute. Le jour des résultats, il m'a dit : « Je suis vraiment content pour toi, Rémi. Rapporte-moi un truc ou deux de là-bas. » Il était vraiment sincère... On aurait dit qu'il était presque aussi heureux que si ça avait été lui. Il m'a même passé le sac qu'il avait acheté exprès, histoire qu'il serve à quelque chose. Si j'avais su que ça devait retomber sur lui, je n'aurais rien fait, mais je pensais qu'il n'avait aucune chance. De toute façon, c'était trop tard. Je me voyais mal lui dire que j'avais triché, que c'était sa place, que je m'étais conduit comme le dernier des derniers...

Derrière moi, Mathilde se taisait, mais je savais qu'elle comprenait. Elle fait partie de ces gens à qui l'on a envie de parler quand ça va mal. Après, on se sent plus léger. En fait, tout le contraire de ma mère : discuter avec ma mère, c'est un peu comme partir en voyage. Elle a toujours peur de quelque chose, rajoute des pulls, des mouchoirs, des numéros de téléphone, bourre mon sac de ses inquiétudes jusqu'à ce que j'explose et que ça finisse mal. En même temps, je ne peux pas lui en vouloir... ça finit par m'achever, parce que je me trouve encore plus moche de lui faire de la peine.

Le jour où elle a su que j'avais gagné le concours, par exemple, elle a sorti une bouteille de mousseux et invité l'oncle Firmin à dîner. J'ai passé la pire soirée de ma vie, avec elle qui rayonnait, qui cherchait des vues de Venise dans les photos de son voyage de noces, et mon oncle Firmin un peu ivre qui m'adressait des clins d'œil par-dessus son verre et ne cessait de porter des toasts.

– Qu'est-ce qu'il y a, mon Rémi, le gâteau ne te plaît pas ? s'inquiétait ma mère.

J'avais honte de sa fierté, de cette marquise au chocolat qu'elle fait à chaque anniversaire, décorée de pralines et de poudre de cacao, parce que c'est mon dessert préféré. La télé marchait en sourdine et, à la fin, on s'est plantés devant, mon oncle et moi, pendant qu'elle débarrassait tristement les restes de la fête.

Ça, je ne pouvais le raconter à Mathilde. Je les envie parfois, elle et P.-P., d'avoir une famille simple, sans oncle Firmin pour chanter à table et truquer les concours, une mère qui renifle à la cuisine et un père qu'on sort au dessert sur les albums de photos... Chacun, sans doute, n'a que ce qu'il mérite, mais je rêve souvent que je suis dans mon lit, le matin, et que j'entends mon père qui se rase derrière le mur de la salle de bain. Je ne sais pourquoi mais l'idée de ce bruit me met alors les larmes aux yeux.

A la fin, je me suis retourné vers Mathilde. Je n'avais jamais autant parlé depuis la communion de ma petite cousine, la cigarette me donnait mal à la tête et je me sentais vide. Je me suis approché du lit. Mathilde ne bougea pas. Elle avait glissé sous sa joue un bras replié et dormait paisiblement, recroquevillée dans son caban.

Depuis quand dormait-elle ? Impossible de le dire. Je me suis assis à côté d'elle à ressasser tout ça. Au matin, nous filâmes par une fenêtre en oubliant nos bagages dans le placard à balais.

18
La poursuite

Il faut que je te dise le plus important, Lucie. Nous avions fait tout cela pour rien. Aucun tableau ne manquait dans la salle des Longhi...

Ils étaient tous à leur place, en rang sur les murs comme des décorations. Pierre-Paul avait été enlevé pour rien. On l'avait kidnappé, c'était sûr maintenant, aussi sûr que M. Coruscant avait disparu.

C'est Rémi le premier qui a aperçu l'anorak, accroché bien en évidence à la poignée de la fenêtre que les hommes avaient forcée pour entrer dans le palais. Dans une des poches, se trouvait un message, juste quelques mots : « Nous tenons votre ami. Ne faites rien, n'appelez pas la police. Sinon... »

C'est vraiment une chose affreuse de voir l'anorak de quelqu'un sans savoir ce qu'il est devenu. Pierre-Paul était exaspérant, mais l'imaginer aux mains d'inconnus sans scrupules était pire que tout. Il me semblait que j'allais le voir surgir à tout instant, que rien n'était arrivé de tout cela. Avec le jour, les choses prenaient l'allure d'un mauvais cauchemar : seulement, j'étais bien réveillée et il y avait quelque part des gens qui menaçaient d'éliminer Pierre-Paul à la moindre imprudence.

Nous avons marché dans Venise déserte, abasourdis par les événements de cette nuit. Rémi était blême de n'avoir pas dormi. Le jour se levait, il y avait des bateaux de la voirie sur les canaux et des chats qui sautaient des poubelles, des confettis flottant par poignées sous les ponts. J'avais presque oublié ce carnaval auquel j'avais tant souhaité assister.

Heureusement, Rémi avait gardé la monnaie des sandwichs, à peine quelques lires, mais suffisamment pour boire un chocolat. Cela me faisait drôle de dépenser l'argent de Pierre-Paul sans lui.

Rémi ne disait rien, mais je savais qu'il pensait comme moi. Il fallait attendre, espérer qu'ils relâcheraient Pierre-Paul sain et sauf. Mon chocolat avait un goût amer en plus, et je m'aperçus que j'avais gardé le pull marin de Rémi.

Soudain, m'attrapant par la manche, il m'entraîna hors du café.

– Mais nous n'avons pas payé !

– Pas le temps. Il y a un homme qui nous suit !

J'eus à peine le temps d'apercevoir la silhouette d'un inconnu qui sortait derrière nous. Nous prîmes la première ruelle en courant, courant, courant, courant toujours plus vite ! Le cauchemar recommençait. Derrière, le bruit d'une course haletante. Je n'aurais pu le jurer, mais l'homme semblait nous appeler.

Était-ce l'un des visiteurs de la nuit dernière ? Il fallait à tout prix lui échapper. Accrochée à la main de Rémi, j'avais l'impression que je ne pourrais jamais plus respirer normalement.

A un moment, nous tournâmes brutalement dans une rue plus sombre ; un porche s'ouvrait, Rémi m'y poussa et nous restâmes cachés derrière la lourde porte.

L'homme arrivait. Un instant, il s'arrêta devant nous, parut hésiter en s'épongeant le front, puis il reprit sa course. C'était un bonhomme assez gros, l'air plutôt doux, qu'on avait du mal à prendre pour un dangereux kidnappeur.

– Inutile de le suivre, dit Rémi. Ce serait mettre en danger la vie de P.-P.

J'avais les jambes en coton. Nous attendîmes que la voie soit libre pour repartir dans l'autre sens. Quelques instants plus tard, nous étions sur la place Saint-Marc.

Nous nous sommes dirigés vers un café ancien, avec des boiseries et des peintures, devant lequel sont installées des tables. Il s'appelle le café Florian ou quelque chose comme ça. Malgré l'heure matinale, la terrasse était presque pleine et les pigeons venaient sous les tables se disputer les miettes de pâtisseries.

A l'intérieur, derrière les vitres du café, il y avait le gros homme de tout à l'heure qui parlait en gesticulant. Son interlocuteur, dont on ne voyait que le dos, semblait très excité lui aussi, et levait les bras au ciel.

Tu ne vas pas me croire, Lucie : c'était M. Coruscant.

19
Le récit
de M. Coruscant

— Mes chers enfants, je vous dois une explication.

Nous étions assis tous les quatre, l'homme, M. Coruscant, Rémi et moi, devant une pleine assiette de pâtisseries crémeuses.

— Oui, tout est ma faute. Sans ma maudite étourderie, rien de ce qui nous arrive n'aurait eut lieu. Cette nuit-là, dans le train, je me suis éveillé avec une soif horrible. Quelle heure pouvait-il être ? Vous dormiez tous à poings fermés lorsque nous avons fait halte à la gare de Milan. Comme l'arrêt se prolongeait, j'avisai une buvette éclairée sur le quai d'en face, descendis du train et y achetai une bouteille d'eau minérale, non sans avoir pris la précaution d'emporter mon sac... Ces trains

de nuit grouillent de pickpockets et d'aigrefins de tous acabits et, pour vous dire la vérité, je déteste les voyages ferroviaires. Une fois désaltéré, je remontai en voiture, trouvai dans le noir ma couchette et me rendormis aussitôt.

Il fit une pause, le temps de se moucher bruyamment, avant de poursuivre d'une voix blanche :

– C'est là que ma misérable distraction a tout provoqué. Dans ma hâte, je me suis trompé de train... Lorsque je me suis éveillé, quelques heures plus tard, je filais en sens inverse vers la Suisse. Mon Dieu ! Comment ai-je pu abuser ainsi la confiance de notre estimé principal, de vos parents, et la vôtre, mes chers enfants ?

Il se servit une rasade de chocolat. Avec son nœud papillon de travers, ses cheveux hérissés sur le crâne, il était si touchant que je ne pouvais lui en vouloir.

– Sans la présence de M. Colibri, mon éminent collègue italien rencontré par hasard dans le train, jamais je n'aurais pu vous retrouver.

Le gros homme s'inclina avec cérémonie.

– Que fallait-il faire ? continua notre professeur. Prévenir vos parents ? Aviser la police et flétrir à jamais la réputation de toute une vie dédiée à la science et à l'élévation de vos jeunes esprits ? M. Colibri se proposa fort aimablement pour me conduire jusqu'ici dans son automobile. Depuis hier, nous avons remué tous les deux ciel et terre pour vous retrouver, et je m'apprêtais ce matin à m'en remettre aux autorités. Mais, grâce à Dieu, vous voilà.

– Sauf de Culbert, précisa Rémi. Pierre-Paul a bien été enlevé et nous ne pouvons avertir la police sans mettre sa vie en danger.

– Oui, oui. Cela est bien préoccupant. Vous dites qu'aucun tableau n'a disparu ? Si le signor Colibri est d'accord, je propose que nous reprenions la piste à la Ca' Rezzonico. Sa connaissance de Venise nous sera fort utile.

– *Si, si !* acquiesça le brave homme. Jé souis à votre entière dispositione.

La présence de M. Coruscant me réchauffait le cœur. Seul Rémi semblait sombre et je lui pris la main pour retourner au palais.

20
Le mystère du tableau

Si nous retrouvons P.-P., je jure de ne plus jamais l'appeler P.-P. Cul-Vert.

Dans la salle des Longhi, je me rappelai les instants que nous avions passés là avec lui et Mathilde, et je sentais un pincement qui me serrait la poitrine. Où se trouvait-il en ce moment ? Les ravisseurs tiendraient-ils parole ?

Depuis que M. Coruscant était avec nous, je reprenais un peu confiance. Nous avions perdu notre professeur, nous en retrouvions deux : le maigre M. Coruscant et ses gilets citron, et le gros signor Colibri suant sous sa pelisse fourrée. L'un et l'autre penchaient leurs lunettes vers les tableaux, s'entretenant à mi-voix en spécialistes.

Le *Ridotto,* le *Rhinocéros* m'étaient devenus, *à force,* aussi familiers que le poster de ma chambre : un grand coucher de soleil avec un voilier sur des bouquets d'écume.

Le temps de sortir discrètement nos bagages du cagibi, et nous retrouvâmes nos deux profs surexcités.

– Mes amis, mes amis ! Eurêka !

M. Coruscant avait sorti une grosse loupe d'acier et détaillait une toile représentant un peintre dans son atelier. Derrière, on voyait des tableaux accrochés : le *Rhinocéros,* le *Ridotto,* reproduits avec beaucoup de finesse. Le plus drôle, c'est que, dans un coin, il y avait aussi en réduction le tableau que nous regardions, inclus dans le premier. Avec la loupe, on distinguait à nouveau, à peine plus grands que des timbres-poste, le *Rhinocéros,* le *Ridotto,* le peintre dans son atelier. C'était comme des poupées russes qui s'emboîtent les unes dans les autres.

« *Il Pittore* », disait le cartouche. C'était le nom du tableau et ça veut dire : « Le Peintre ». Mais c'était surtout le dernier mot du message secret !

– 1764, jé dirai, affirma M. Colibri. Oune Longhi dé la plou belle facture.

– Pardonnez-moi de vous contredire, honorable et savant collègue, mais c'est un faux.

– Un faux ?

Mathilde et moi nous étions exclamés en même temps.

– *Mama mia !* gémit le signor Colibri. En êtes-vous sûr ?

– Certain, cher ami transalpin. Voyez ici la reproduction qu'en donne mon livre. La date se trouve *sous* la signature du peintre, n'est-ce pas ? Eh bien, regardez maintenant l'original : la date est cette fois placée *au-dessus !* A n'en pas douter, il s'agit d'un faux.

– Très habile, murmura M. Colibri. Impossible ainsi dé soupçonner un vol.

– Attendez, dis-je, un peu rouge d'intervenir dans un débat aussi savant. Je crois que j'ai une idée... Rappelle-toi, Mathilde, cet étudiant des Beaux-Arts que j'ai rencontré ici le premier jour. C'était précisément ce tableau qu'il reproduisait ! Qui nous dit que ce n'était pas l'homme du train ? Après tout, nous ne connaissons pas son visage.

– Bravo, mon cher Rémi ! beugla M. Coruscant.

Puis, comme tout le monde se retournait :

– Nous avançons à pas de géants ! ajouta-t-il plus doucement. Mais le tableau me paraît trop complexe pour en faire une copie aussi parfaite en une matinée.

– Et si la copie était déjà faite ? suggé-
rai-je. Si elle avait été faite ailleurs ?
Mathilde nous a parlé de cette valise que
l'homme du train portait. La copie pouvait être dedans, avec un chevalet pliant
et le matériel nécessaire pour faire croire à
un étudiant reproduisant une toile de
maître. Il suffisait, le matin, de peaufiner
un dernier détail, de repérer les lieux et de

103

revenir la nuit pour procéder à la substitution !

– Magnifique ! approuva M. Coruscant. C'est ainsi que les choses ont dû se passer, en effet. Mon jeune ami, votre sagacité vous honore !

Que voulait-il dire par « sagacité », je n'en sais fichtre rien, mais je crois que je rougis alors jusqu'aux oreilles.

Nous n'avions plus rien à faire à la Ca' Rezzonico. Nous quittâmes donc le palais sous l'œil interloqué du guichetier : jamais encore, je pense, il n'avait vu de collégiens français aussi assidus dans le musée. Si le pauvre homme avait su la vérité, il en serait tombé à la renverse.

21
Les déductions
de M. Colibri

Tu me diras, Lucie, que l'énigme du tableau résolue, Pierre-Paul n'en était pas retrouvé pour autant.

C'était compter sans la finesse de notre nouvel ami, le doux M. Colibri. Encouragés par notre réussite, nous tînmes conseil sur la place, assis au bord d'une fontaine dont l'eau miroitait gaiement au soleil.

– Pourriez-vous mé montrer lé message des ravisseurs, jé vous prie ? dit M. Colibri. J'ai étoudié la graphologie dans mon jeune temps, et pét' ètre qué nous trouverons quelque indice miracouleux.

Il prit le message qu'il tourna et retourna dans tous les sens, scrutant à la loupe la mauvaise écriture des kidnappeurs sans rien trouver. Il allait renoncer quand, levant le papier à la lumière, il poussa un cri de joie :

– Oun filigrane ! *Bravisssimo !*

Nous ouvrîmes des yeux ronds, Rémi et moi. Qu'était-ce donc qu'un filigrane ?

– On appelle ainsi un nom ou un dessin imprimé dans la trame même du papier, et que l'on peut lire par transparence, comme sur les billets de banque, expliqua M. Coruscant. L'étymologie nous apprend que...

– Pardon, cher collègue, coupa M. Colibri, mais jé crois qué cé n'est pas lé moment. Jé réconnais ici lé filigrane d'oun papier à en-tête d'hôtel, celoui dou Danieli. Cé doit être lé repère des ravisseurs, et pét' être y trouvérons-nous lé jeune dé Coulbert.

Je l'aurais embrassé ! M. Coruscant s'était mis à tourner autour de la fontaine en poussant des cris de Sioux et le visage de Rémi rayonnait positivement. Il serra chaleureusement la main moite de M. Colibri avant de dire :

– Il faut y aller tout de suite, libérer Pierre-Paul et livrer tout ce petit monde aux carabiniers !

– Je reconnais bien là la fougue de la jeunesse, dit M. Coruscant. Mais réfléchissez, mon cher Rémi. Nous avons affaire à une bande organisée : un seul faux pas risque de tout compromettre. Intelligence et célérité, voilà la clef de notre réussite.

J'aurais cru entendre Pierre-Paul dans cette dernière remarque. M. Coruscant expliqua alors un plan si compliqué que je renonce à t'en parler, ma Lucie. D'autant qu'il ne servit à rien, comme tu l'apprendras plus tard, et que M. Coruscant lui-même s'y perdait en distribuant à chacun son rôle.

M. Colibri en tête, nous partîmes pour l'hôtel Danieli. Tout semblait simple désormais. En fait, nous n'étions pas au bout de nos peines...

D'abord, il y avait le carnaval. A mesure que nous avancions, nous butions sur une foule de plus en plus compacte. Polichinelles, marquises à perruques poudrées et faces-à-main, corsaires en tuniques écarlates, Colombines aux robes mousseuses, avec des smocks couleur de lune, il aurait fallu que tu voies ça, Lucie !

Des serpentins s'entrelaçaient autour des ponts, les confettis pleuvaient comme une averse, les gens criaient, faisaient des rondes : c'était tout à la fois merveilleux et un peu inquiétant. Il y avait des masques de soie, des loups pailletés d'or et d'argent, de longs nez en carton, des bicornes et de larges bérets de velours qui tombaient sur l'œil, des visages peints comme ceux des danseuses thaïlandaises. On se serait crus au milieu d'un livre d'histoire animé, où des costumes de tous les siècles se seraient égarés. Le plus étrange, c'est qu'au milieu de ces parures extraordinaires, c'est nous qui paraissions déguisés !

Heureusement, M. Colibri nous servait de guide. Nous longeâmes les bords du Grand Canal, aussi large à cet endroit que la passe d'un port. Des flottilles de toutes les couleurs, barques, gondoles, canots à moteur, tanguaient dans le sillage du *vaporetto* qui desservait la petite île de San Giorgio Maggiore.

Le Danieli se trouvait dans une partie de la ville que nous ne connaissions pas encore, située, selon la comparaison de Pierre-Paul, sous la trompe de l'éléphant. Il me sembla que nous avions marché une heure pour y parvenir. Le bruit, la foule, l'agitation me donnaient le tournis.

– Nous y voilà, dit M. Coruscant. Haut les cœurs, mes amis, c'est le moment d'être braves !

Et il nous pinça l'oreille d'un air solennel, tandis que M. Colibri s'esquivait prudemment vers la réception.

22

M. Coruscant vole une gondole

Cette fois, c'était ma chance. Je me sentais tout excité par la conscience du danger, un peu fébrile aussi, comme avant une course de championnat ou un match de foot. J'imaginais P.-P. ligoté sur une chaise, son visage s'illuminant tandis que je tranchais ses liens avec mon canif, sa reconnaissance, l'émotion de ma mère quand elle apprendrait mes exploits.

Rien pourtant ne se passa comme je l'aurais souhaité.

L'entrée de l'hôtel Danieli ressemble à un hall de gare. Il y a de grandes horloges, des bagages partout, des garçons d'ascenseur déguisés en Spirou qui portent les caniches de vieilles dames fatiguées. Franchement, s'il n'y avait eu P.-P., j'aurais pris mes jambes à mon cou ! Tout était doré, rococo, plein de colonnes et de moulures comme sur la pendule de tante Marceline : le rêve de ma mère...

Je ne sais pour quelle raison M. Coruscant avait trouvé ingénieux de se faire passer pour un Anglais. Son plan était un embrouillamini sans nom dans lequel, par exemple, lorsque nous aurions repéré la chambre des ravisseurs, je devais téléphoner en me bouchant le nez. Il appelait cela : « Diviser pour régner. »

Posté dans un fauteuil, il tenait un journal à l'envers et poussait de temps en temps des cris du genre : « *Heaven !... Wonderful !... Yes, my boy !...* » avec un accent épouvantable.

Je surveillais pour ma part l'escalier, tandis que M. Colibri essayait vainement de consulter le registre des clients pour y trouver un nom à consonance germanique. A la fin, il m'adressa un signe désespéré. Jamais nous ne réussirions de cette façon, mais c'était le plan de M. Coruscant et j'étais seulement un redoublant de quatrième.

– Repli stratégique, me dit Mathilde. Il faut trouver autre chose.

Nous formions vraiment une piètre équipe. Je regrettais presque de ne pas être seul avec Mathilde. Il me semble qu'à nous deux...

– Il y a oune autre entrée par lé derrière dou bâtiment, dit M. Colibri. Il faut essayer par là. Oune fois à l'étage, j'interrogerai les caméristes, si ?

Pour une fois, c'était une bonne idée.

Nous contournâmes la façade de l'hôtel pour emprunter un petit quai étroit et sombre qui longeait le Danieli.

– Regardez ! cria Mathilde tout à coup. C'est lui ! Ils l'emmènent !

Là-bas, quelques silhouettes furtives venaient de sortir de l'ombre en en poussant une autre qui se débattait en criant.

– Lâchez-moi, espèce de brutes ! Vous ignorez à qui vous avez affaire !

Je faillis en tomber de ravissement. C'était bien lui, l'insupportable Pierre-Paul de Culbert et, l'espace de quelques dixièmes de seconde, je fus rempli de pitié pour ses ravisseurs !

Mais, déjà, ils l'avaient entraîné au bord du quai, soulevé comme un vulgaire paquet et jeté au fond d'une gondole qui semblait les attendre.

– Trop tard ! Ils vont nous échapper avec P.-P. et le tableau !

– Vite, vite ! hurlait Mathilde, accrochée à la veste de M. Coruscant et trépignant d'impuissance.

– *Mama mia ! Mama mia !* répétait l'honorable collègue. C'est oune tragédie !

– Non, dit M. Coruscant en redressant le buste.

Son calme avait quelque chose d'effrayant. Les autres là-bas s'éloignaient déjà à grands coups de perche.

– Il faut franchir le Rubicon, voilà tout : volons une gondole à notre tour !

Nous le regardâmes, stupéfaits. Était-ce bien là notre professeur qui parlait ? Mais, joignant le geste à la parole, il avait sauté dans une embarcation et commençait à larguer les amarres. Puis, ôtant sa veste, il la plia soigneusement sur une banquette, retroussa ses manches et se cracha dans les paumes avant d'empoigner la perche.

– Pas d'inquiétude. J'étais un assez bon pigouilleur, enfant, dans les Deux-Sèvres, et ces gondoles ressemblent assez à nos barques à fond plat.

Qui n'a jamais poursuivi des voleurs de tableau à bord d'une gondole ne pourra imaginer l'état dans lequel nous nous trouvions. M. Coruscant s'était mis à chanter, pesant sur la perche avec une force dont je n'aurais pas cru capable cet homme à lunettes et gilet de flanelle. Le pire est que nous avancions ! D'abord en zigzags, puis de plus en plus droit, tandis que devant nous le gondolier des ravisseurs se déhanchait comme un beau diable.

En dépit des efforts de M. Coruscant, il devenait évident toutefois que nous perdions un peu plus de terrain à chaque coup de perche. Comment lutter contre

un professionnel à chapeau de paille ? De droite et de gauche s'ouvrait un labyrinthe de petits canaux, juste assez larges pour nos embarcations. Avec une habileté diabolique, le Vénitien virait à la dernière seconde, obligeant notre professeur à des manœuvres compliquées pour reprendre sa trace.

Rien, cependant, ne semblait devoir affecter sa bonne humeur :

– Allons, Nautonier des âmes ! déclamait-il de sa voix de stentor. Fais voler ton esquif, Charron, sur les eaux noires du Styx !

Impuissant, je voyais s'amenuiser la plume de faisan de l'inconnu du train. Son complice ricanait en agitant un mouchoir, surveillant du coin de l'œil un P.-P. qui semblait anéanti par la terreur ou le mal de mer.

– Vite, plus vite ! criait Mathilde.

Mais nous étions trop chargés, surtout du côté de M. Colibri où l'eau affleurait au niveau des plats-bords. Déjà, le canal s'élargissait, on devinait au bout un coin d'azur illuminé : c'était la lagune. Sans nous en apercevoir, nous avions décrit un large cercle à l'intérieur de la ville pour revenir à notre point de départ, le temps d'user les forces de M. Coruscant qui haletait maintenant en rasant dangereusement les maisons. Tout était perdu.

Soudain, une exclamation de Mathilde me tira de mon abattement : là-bas, dans la gondole des ravisseurs, une forme s'était dressée, brandissant quelque chose au-dessus de sa tête !

– C'est dé Coulbert, glapit M. Colibri. Régardez ! Il ménace dé jeter lé tableau à l'eau !

En effet, c'était Pierre-Paul. Debout dans la gondole, il tenait en respect les ravisseurs de la seule arme qui fût en sa possession : la toile de Longhi. Fantastique P.-P. ! Interdits, les deux hommes ne bougeaient pas. Allait-il faire cette chose inouïe : jeter dans les eaux troubles du canal l'un des joyaux du patrimoine artistique mondial ? Je savais P.-P. capable de tout, même d'un acte aussi insensé.

Chacun autour de moi retenait son souffle.

– Attention ! hurla soudain Mathilde.

Mais c'était trop tard. Le gondolier avait tiré silencieusement sa perche de l'eau et s'apprêtait à assommer le pauvre P.-P., inconscient de la menace qui planait dans son dos.

La gondole, à cet instant, passait sous un pont, le dernier avant l'étendue bleue de la lagune. La perche se prit dans la balustrade, le gondolier vacilla, parut se rétablir, puis, moulinant des bras, sombra dans un grand plouf ! au beau milieu du canal.

– Hourrah ! lança M. Coruscant. Ils chavirent !

En effet, se voyant perdus sans leur pilote, les ravisseurs tentèrent d'agripper les piles du quai et de gagner la terre ferme.

Peine perdue ! Déséquilibrée, la gondole tangua violemment, projetant les deux hommes à la mer tandis que P.-P. se raccrochait à la corne dentelée de la poupe.

En quelques coups de perche triomphants, nous fûmes sur lui, laissant les deux hommes patauger dans l'eau glacée, les pans de leur manteau déployés autour d'eux comme de gigantesque feuilles de nénuphar.

23

Le récit
de Pierre-Paul

C'est ainsi que moi, Pierre-Paul de Culbert, cerveau de la quatrième II, fut sauvé d'une fin atroce.

Jamais je n'avais été aussi heureux de retrouver le faciès ingrat de mon ami Pharamon ni le gentil minois de la douce Mathilde. On pleurait tous et on riait, nous embrassant et poussant des cris de joie. M. Coruscant, miraculeusement retrouvé, s'essayait à quelques chants d'allégresse tyroliens, le front nimbé par la lumière de la lagune tandis que nous le portions en triomphe.

Puis ce fut le temps des explications : l'étourderie de M. Coruscant, la présence de M. Colibri, la suite de déductions proprement mirifiques qui les avaient conduits jusqu'ici. Quant à moi, j'exposai en quelques phrases succinctes mes aventures de la nuit : cet accès de terreur déplorable qui avait failli nous perdre tous, ma réclusion dans une chambre du Danieli, ma conduite parfaitement héroïque... et tout à fait pitoyable.

– J'ai vraiment cru ma dernière heure arrivée. Et puis j'ai pensé à ma sœur, qui ne se remettrait jamais de m'avoir chipé ma montre étanche si je ne devais pas revenir. J'ai pensé aussi à faire une grève de la faim pour les forcer à me libérer, mais là, c'était au-dessus de mes forces. J'étais bien traité, ils m'ont même fait monter des spaghettis au milieu de la nuit, avec du Coca et une crème caramel parce que j'avais l'air un peu pâle. Ils étaient plutôt embarrassés de m'avoir sur les bras. Ils discutaient devant moi, pensant que je ne connaissais pas l'allemand. C'est comme ça que j'ai appris que le grand, l'homme au chapeau à plume, s'appelait le Professor Heinzi, qu'il était monté dans le train en rase campagne, après avoir trafiqué les signaux lumineux, pour ne pas être remarqué à la gare. C'est un faussaire connu de la police, et qui travaille pour Mueller. Quant à son complice, le gros Franz, il se trouvait aussi dans le train. Ils voyageaient séparément, par sécurité, et ce sont eux que tu as entendus dans le couloir, Mathilde. « Herr Professor », c'était Heinzi, et non M. Coruscant comme nous l'avons cru.

– Et le tableau ? interrogea Mathilde qui me beurrait des tartines.

– Nos déductions étaient exactes. Ils devaient le remettre à Mueller, dont le yacht est amarré à l'entrée du Grand Canal. Ils s'apprêtaient à m'y emmener quand vous nous avez interceptés.

– Et que tu as eu l'idée géniale de les menacer avec le tableau, ajouta Rémi en me tapant dans le dos.

– Oh ! répondis-je avec une franchise qui m'étonnait. A vrai dire, je n'ai pas réfléchi. J'avais si peur que j'aurais sauté dans l'eau avec.

C'était la stricte vérité. J'étais passé par trop d'épreuves pour en rajouter sur mes prétendues capacités. Et puis, au cours de ces deux jours, je crois que le danger m'avait appris l'humilité...

J'avais eu le temps d'envisager le pire, de mesurer mon dénuement et ma solitude. Brutalement plongé dans un monde inique, je réalisai la vanité des lois sacrées qui régissaient ma vie jusqu'alors. Qu'importaient à mes ravisseurs les règles d'accord du partitipe passé, le théorème de Pythagore ou l'ablatif absolu qui m'avaient toujours paru les clefs de l'existence civilisée. J'avais douze ans, des verres à double foyer, je connaissais par

cœur l'altitude du mont Gerbier-de-Jonc, le pluriel de *templum* et le monologue d'Harpagon : mais rien de tout cela n'aurait pu me tirer du guêpier dans lequel je m'étais fourré.

Qu'aurait fait Pharamon à ma place ? J'ignore toujours comment il a pu gagner ce concours, mais lui, au moins, n'a pas hurlé de frayeur dans le cagibi. Quant à

Mathilde, toute fille qu'elle soit, elle prend le *vaporetto* sans billet et peut tromper avec aplomb la vigilance de gardiens soupçonneux... Il est vrai que les risques sont plus grands quand on porte des lunettes et qu'on a deux ans d'avance. Mais sans cet enlèvement dont je sortais auréolé, j'aurais fait piètre figure au milieu de mes amis.

– En tout cas, dis-je pour conclure, ce tragique incident a tout de même eu un avantage...

– Lequel ? demandèrent-ils en chœur.

– Me permettre de perfectionner mon allemand pour la prochaine compo.

– Il n'a pas changé ! s'exclama Pharamon en riant.

J'ai ri aussi, mais en fait j'avais changé. Tout au moins, je le crois.

24
Mathilde
finit sa lettre

Et les gangsters, Lucie, tu dois te demander ce qu'ils sont devenus ?

La police du canal les a repêchés avec des gaules, comme de vulgaires détritus. Ils ont tout avoué, le vol, l'enlèvement. Grâce à nous, les carabiniers ont pu arraisonner le bateau de Mueller alors qu'il prenait la mer.

Quant au tableau, il figurera désormais au palais Rezzonico avec un cartouche portant nos noms : « Sauvé par Rémi Pharamon, Pierre-Paul de Culbert et Mathilde Blondin. » La gloire, quoi ! Mais, pour l'instant, je n'ai qu'une idée : prendre enfin un bain à notre hôtel et dormir une nuit entière !

M. Colibri nous a invités ce soir au restaurant et s'est proposé pour nous servir d'interprète le reste de notre séjour. Si tu savais comme c'est bon de se retrouver tous les trois, et de pouvoir enfin profiter plus calmement de Venise, visiter toutes les belles choses que nous n'avons fait qu'apercevoir en courant sur la piste des voleurs ! J'ai envie de tout découvrir : églises, musées, palais, tout ! Sauf bien sûr la Ca' Rezzonico qui me sort vraiment par les yeux...

Enfin, je te raconterai ça plus tard. Je me dépêche de poster cette lettre. Me croiras-tu seulement en la lisant ? Pourtant, je te jure que tout est vrai.

En tout cas, mon prof principal avait raison : Pierre-Paul et Rémi sont vraiment de chics garçons. Il faudra que tu les rencontres un jour. Évidemment, Pierre-Paul en profite pour se faire chouchouter, mais après tout, c'est de bonne guerre. Je détesterais pour ma part être enlevée, et sans la présence d'esprit de Rémi cette nuit-là... Mais je préfère ne pas y penser, non plus qu'à la tête de mes parents quand je leur téléphonerai. Seront-ils furieux ? Fous d'inquiétude ? Peu importe, à vrai dire je ne suis pas mécontente de leur montrer que je n'ai plus trois ans, même si c'est plus confortable quelquefois. Mais tu vas encore dire que je suis trop compliquée.

25
Le dernier mot
de Rémi

Me voici donc arrivé au bout de cette aventure et du cahier Clairefontaine de Mathilde.

En le feuilletant rapidement, je m'aperçois que je n'ai pas toujours été très juste avec Pierre-Paul. Car c'est tout de même grâce à lui que nous avons pu décoder le message secret et remonter la piste des malfaiteurs.

Tout à l'heure, comme nous nous installions dans notre chambre à l'hôtel, il a dit :

– Cet été, je vous invite, Mathilde et toi, dans la propriété qu'ont mes parents en Bretagne. J'ai trouvé dans la bibliothèque un vieux grimoire qui parle d'un souterrain et d'un trésor caché.

J'ai dit que oui, bien sûr, je viendrais, et j'étais vraiment content que nous soyons à nouveau tous les trois ensemble, Mathilde, Pierre-Paul et moi.

– C'est d'accord aussi, a dit Mathilde. Nous formons une bonne équipe, je trouve, mais il faudra surveiller M. Coruscant : il serait bien capable de se perdre à nouveau si nous ne faisons pas attention !

C'est vrai que Venise est pleine de pièges pour un professeur distrait ; désormais, nous en avions deux sur les bras, et il faudrait redoubler de vigilance si nous voulions profiter de notre voyage.

– Parce que, a-t-elle ajouté en me regardant, nous avons tous bien mérité de le gagner, je crois.

Je savais pourquoi elle disait ça et j'en étais fier. Moi aussi, j'avais joué mon rôle dans cette aventure et, d'une certaine manière, c'était comme si j'avais gagné ma place une bonne fois pour toutes.

La suite ?

Il nous restait cinq grands jours, le dîner ce soir avec M. Colibri et des milliers de choses à visiter. Mathilde a pris le bras de Pierre-Paul et le mien pour descendre et j'étais heureux.

Ce n'est pas que je m'aime davantage. Disons seulement que si je me rencontrais dans la rue aujourd'hui, je ne changerais pas de trottoir, voilà tout...

Mais ce n'est déjà pas si mal.